DANS LE NU DE LA VIE

… Je me suis mis à crier, très fâché : « Tu n'avais pas pensé que tu pouvais ne pas nous tuer ? » Il répondit : « Non, à force de tuer, on avait oublié de vous considérer. »

Maintenant, je pense que ce Hutu ne couvait pas la férocité dans le cœur. On fuyait sans répit au moindre bruit, on fouinait la terre à plat ventre en quête de manioc, on était bouffé de poux, on mourait coupé à la machette comme des chèvres au marché. On ressemblait à des animaux, puisqu'on ne ressemblait plus aux humains qu'on était auparavant, et eux, ils avaient pris l'habitude de nous voir comme des animaux. En vérité, ce sont eux qui étaient devenus des animaux. Ils avaient enlevé l'humanité aux Tutsis pour les tuer plus à l'aise, mais ils étaient devenus pires que des animaux de la brousse, parce qu'ils ne savaient plus pourquoi ils tuaient. Un interahamwe, quand il attrapait une Tutsie enceinte, il commençait par lui percer le ventre à l'aide d'une lame. Même la hyène tachetée n'imagine pas ce genre de vice avec ses canines…

Innocent Rwililiza

Jean Hatzfeld est journaliste et écrivain. Il a séjourné plusieurs mois au Rwanda depuis le génocide et plus précisément sur les collines de Nyamata où il a recueilli les témoignages des rescapés et écrit ce livre. Il a déjà publié des récits, L'Air de la guerre *(prix Novembre 1994),* Une saison de machettes *et un roman,* La Guerre au bord du fleuve.

DU MÊME AUTEUR

L'Air de la guerre
Sur les routes de Croatie et de Bosnie-Herzégovine
Récits
Éditions de l'Olivier, 1994
Seuil, « Points », n° 60

La Guerre au bord du fleuve
Roman
Éditions de l'Olivier, 1999
et « Petite bibliothèque de l'Olivier » n° 38

Une saison de machettes
Récits
Seuil, « Fiction & Cie », 2003

Jean Hatzfeld

DANS LE NU
DE LA VIE

Récits des marais rwandais

Éditions du Seuil

TEXTE INTEGRAL

ISBN 2-02-053056-2
(ISBN 2-02-043809-7, 1ʳᵉ publication)

www.seuil.com

Introduction

En 1994, entre le lundi 11 avril à 11 heures et le samedi 14 mai à 14 heures, environ 50 000 Tutsis, sur une population d'environ 59 000, ont été massacrés à la machette, tous les jours de la semaine, de 9 h 30 à 16 heures, par des miliciens et voisins hutus, sur les collines de la commune de Nyamata, au Rwanda. Voilà le point de départ de ce livre.

Quelques jours plus tôt, au soir du 6 avril 1994, l'avion qui ramène à Kigali le président de la République rwandaise, Juvénal Habyarimana, explose au-dessus de l'aéroport. Cet attentat précipite le signal des tueries de la population tutsie, qui, planifiées depuis des mois, débutent à l'aube dans les rues de la capitale, et s'étendent dans le pays.

À Nyamata, bourgade du Bugesera, une région de collines et de marais, les tueries commencent dans la grand-rue quatre jours plus tard. Des foules de Tutsis cherchent aussitôt refuge dans les églises ou s'enfuient dans les bananeraies, les marais et les forêts d'eucalyptus. Les 14, 15 et 16 avril, cinq mille personnes sont assassinées dans l'église de Nyamata, et autant dans l'église de N'tarama, hameau éloigné d'une vingtaine de kilomètres, par des miliciens, des militaires et l'immense majorité de leurs voisins hutus. Ces deux massacres inaugurent le génocide dans cette contrée aride de latérite argileuse. Il dure, là-bas, jusqu'à mi-mai.

Un mois durant, les milices de tueurs, disciplinés, sobres, chantants, encerclent et pourchassent les fuyards, à travers la forêt d'eucalyptus de Kayumba, dans les marécages de papyrus de Nyamwiza ; armés de machettes, de lances et de massues. Cette application leur permet de tuer cinq Tutsis sur six, autant que dans l'ensemble des villages rwandais, beaucoup plus que dans les villes.

Pendant plusieurs années, les rescapés des collines de Nyamata, comme ailleurs, ont gardé le silence, aussi énigmatique que le silence des rescapés au lendemain de l'ouverture des camps de concentration nazis. Pour les uns, expliquent-ils, « la vie s'est cassée » ; pour d'autres « elle s'est arrêtée » ; pour d'autres encore « elle doit reprendre absolument » ; et cependant tous admettent qu'entre eux ils ne parlent que du génocide. D'où l'initiative de revenir là-bas et de converser avec eux, de boire des bières Primus chez Marie-Louise, ou du vin de bananes au comptoir de Kibungo, de multiplier les visites dans les maisons de pisé, sur les terrasses des cabarets, à l'ombre des acacias, d'abord timidement, puis avec plus de confiance, de familiarité, à la rencontre de Cassius, de Francine, d'Angélique, de Berthe et des autres, pour les convaincre de raconter. Plusieurs d'entre eux se montrent dubitatifs quant à l'intérêt de parler à un étranger, ou quant à l'intérêt d'un étranger pour leurs récits, mais aucun ne refuse.

Pour expliquer leur silence si long, ils disent aussi par exemple qu'ils « se sont trouvés poussés dans le bas-côté, comme s'ils étaient de trop dans la situation ». Ou « qu'ils se méfiaient des humains », qu'ils étaient trop découragés, éloignés, « démolis ». Qu'ils se sont sentis « gênés », ou parfois « blâmables » aussi, d'avoir pris la place d'une connaissance ou de reprendre des habitudes de vivants.

Cultivatrices, bergers, commerçantes, enseignants, assistante sociale, aide-maçon, ils racontent jour après jour, à Nyamata ou sur les hauteurs environnantes, au gré de leurs hésitations ou de leurs difficultés à évoquer certains souvenirs, et au fil de questions nouvelles qui apparaissent en les écoutant. La plupart, sceptiques ou indifférents aux leçons de l'histoire, sont malgré tout tentés de partager avec autrui leur incompréhension, leur désarroi et leur solitude aujourd'hui.

Un génocide n'est pas une guerre particulièrement meurtrière et cruelle. C'est un projet d'extermination. Au lendemain d'une guerre, les survivants civils éprouvent un fort besoin de témoigner ; au lendemain d'un génocide, au contraire, les survivants aspirent étrangement au silence. Leur repliement est troublant.

L'histoire du génocide rwandais sera longue à écrire. Cependant l'objectif de ce livre n'est pas de rejoindre la pile d'enquêtes, documents, romans, parfois excellents, déjà publiés. Uniquement de faire lire ces étonnants récits de rescapés.

Un génocide est – résumant la définition de l'une d'entre eux – une entreprise inhumaine imaginée par des humains, trop folle et trop méthodique pour être comprise. Le récit des courses dans les marécages de Claudine, d'Odette, de Jean-Baptiste, de Christine et de leurs voisins ; la narration, souvent durement et magnifiquement exprimée, de leurs bivouacs, de leur déchéance, de leur humiliation puis de leur mise à l'écart ; leur appréhension du regard des autres, leurs obsessions, leurs complicités, leurs interrogations sur leurs souvenirs ; leurs réflexions de rescapés, mais aussi d'Africains et de villageois, permettent de s'en approcher au plus près.

De bon matin à Nyamata

Les grues cendrées, de leur chant de trompette, décrètent les premières la fin de la nuit dans le quartier Gatare. Les criaillements des touracos s'en mêlent aussitôt, et le soleil ne tarde plus guère. Dans la brume matinale apparaissent les vols de cigognes épiscopales et la ronde de pélicans qui planent, indécis, au-dessus des mares. Des chèvres exigent alors de sortir des enclos de feuillage accolés aux maisons. Puis les vaches mettent en marche la nouvelle journée ; elles disparaissent une à une, ou par petits troupeaux, dans la brousse de Kayumba, aiguillonnées par des garçons torse nu sous des vestes trop longues, un long bâton à la main.

En haut du quartier, les dernières ruelles, bordées d'habitations de terre, s'échelonnent vers un terrain vague qui se prolonge en terrain de football, qui lui-même clôt la grand-rue de Nyamata. Ce terrain, équipé de poteaux de buts en fonte, gondolé à la saison sèche, boueux à la saison des pluies, ne décourage jamais une foule de joueurs de tous âges, qui se relaient toute la journée. Plus bas, sont disséminés les rares pavillons en dur, où résident de nombreux enseignants, magistrats, ou commerçants.

Édith Uwanyiligira tient là une maison d'hôte, en briques, à l'ombre d'un petit bois de manguiers et de papayers. La grande cour de derrière est envahie du matin au soir par une ribambelle de gamins des environs, venus remplir en file indienne des bidons d'eau au seul robinet d'eau courante des environs, entre la cahute de la cuisine et le cabanon des aides ménagères. Ces enfants se retrouvent dans cette cour à l'heure des repas, alléchés par une marmite ventrue qui mijote du matin au soir, alimentée grâce à des brouettes de légumes ramenés du marché par la maîtresse des lieux.

De la véranda, on entend, à droite, sur les branches, le chant des tomakos à gros bec et des couroucous vert tilleul. Devant, on voit des masures en torchis, des jardinets plantés de haricots, des fosses profondes où sont fabriqués des moellons de construction, en paille et boue séchée ; on aperçoit des poules, du linge sur les branches et sur les haies.

Un chemin, bien vite envahi de marcheurs, de cyclistes, d'heureux cyclomotoristes, passe devant le bâtiment jaune de la commune, entouré d'une haute haie fleurie. Dans la cour de la commune, des fonctionnaires en chemise blanche discutent avec des villageois en attente d'un tampon. Sur le parking stationne la camionnette tout-terrain du bourgmestre, le tracteur des ramassages et une multitude de motos monocylindre et de vélos appuyés en grappes contre les avocatiers.

C'est à la commune que travaille Innocent Rwililiza, et quelques centaines de mètres plus loin que se situe le bureau monacal de Sylvie Umubyeyi.

Sylvie Umubyeyi est assistante sociale, de ce fait la première personne avec qui je fais connaissance à Nyamata. Apprenant à Kigali que des enfants rescapés errent en petites familles dans la brousse environnant des marais de la région, je viens la voir et lui demande s'il est envisageable de rencontrer ces enfants. Sceptique ou méfiante, Sylvie ne souhaite pas aider un étranger à entrer en contact aussi directement avec eux. Mais, sur la piste du retour vers Kigali, nous nous croisons à l'entrée du Mémorial, nous échangeons quelques mots et ce hasard semble changer sa décision. D'emblée, sans explication, elle me propose de l'accompagner dans sa camionnette à travers des bananeraies. Elle m'introduit chez Jeannette Ayinkamiye, une cultivatrice adolescente, cheftaine d'enfants abandonnés, avec qui nous discutons une matinée. Sylvie m'emmène plusieurs fois sur les collines. En même temps, elle accepte de parler d'elle-même, avec prudence d'abord, volontiers et régulièrement ensuite. Elle est captivante, ainsi naît le choix des collines de Nyamata.

Lors d'un deuxième séjour, Sylvie demande à Innocent Rwililiza de prendre le relais, il se montre aussi attentif et compréhensif. Tous deux deviennent des guides et des amis, sans qui toutes ces expéditions sur les collines et ces rencontres avec les rescapés ne sont pas envisageables.

En de multiples occasions, ils se montrent, aussi, des interprètes d'une inestimable précision. Il faut noter que ces récits s'expriment en trois langues : le kinyarwanda, langue des cultivatrices ; le français rwandais, langue des autres personnes et des traducteurs ; et le français de l'Hexagone. L'attention portée au français rwandais (dont l'appropriation du vocabulaire français est magnifique) pour retranscrire fidèlement certaines descriptions et réflexions induit de rares maladresses linguistiques, trop repérables pour être dommageables.

À la sortie de la commune, le chemin débouche à gauche dans le parc de l'ancienne église de la paroisse. Cette église

était la seule architecture moderne de la bourgade. Aujour-
d'hui ses murs béants et sa toiture grêlée portent les
marques d'explosions de grenade. À plusieurs reprises la
curie du Vatican a projeté sa réhabilitation et sa réouverture
aux offices religieux. Mais les habitants de Nyamata ont
décidé de la conserver en l'état et d'y ériger l'un des deux
mémoriaux de la région ; car ici eut lieu le premier massacre
d'une foule de cinq mille personnes, qui lança la chasse à
l'homme dans le Bugesera.

Dans l'enceinte de l'église, des chèvres mâchonnent les
feuilles des arbustes du parc. Leur berger est un garçon
d'une douzaine d'années. Il est assis à l'ombre d'un arbre,
un ballon sous les pieds, une brindille à la main. Il s'appelle
Cassius Niyonsaba. Il bavarde aux côtés du gardien du
Mémorial. Tous les jours de la semaine, on le retrouve aux
abords de l'église, située à mi-chemin entre son école et
le domicile de sa tante Thérèse. Parfois il vient taper dans le
ballon en compagnie d'un copain ; parfois il est, comme
aujourd'hui, entouré de ses chèvres ; parfois seul, assis sur
le muret derrière l'église à regarder un caveau. Une pro-
fonde cicatrice raye sa chevelure crépue sur toute la lon-
gueur du crâne.

Cassius Niyonsaba, 12 ans, écolier
Colline de N'tarama

Papa était un petit enseignant, maman une cultivatrice. Dans ma famille paternelle, c'est moi seul qui suis resté en vie. Dans ma famille maternelle, c'est bien moi seul aussi, qui suis resté en vie. Je ne me souviens plus combien de grands et de petits frères et sœurs j'avais, parce que ma mémoire est trop préoccupée par ce grand nombre de morts, elle n'est plus agile avec les chiffres. Ça me ralentit d'ailleurs à l'école.

Mais je peux revivre en transparence les massacres à l'église et la férocité des *interahamwe*. On appelle *interahamwe* les tueurs hutus. On s'était habitués à les croiser sur le chemin. Ils nous lançaient des menaces bruyantes. On les entendait, on disait que ça n'allait pas, toutefois on n'y croyait pas raisonnablement. Par la suite, après l'accident de l'avion, les avoisinants hutus de ma colline sont venus tuer chaque jour des gens dans leurs quartiers d'origine, sans même attendre les chamailleries ou les disputes ordinaires. Alors, les gens ont compris que ce n'était pas de la blague, ils se sont esquivés vers la forêt ou vers l'église. Moi, j'étais descendu chez ma grande sœur de Nyamata, raison pour laquelle je ne suis pas mort à N'tarama.

Le jour où la tuerie a commencé à Nyamata, dans la rue du grand marché, nous avons couru jusqu'à l'église de la paroisse. Une grande foule s'était déjà assemblée, car c'est dans la coutume rwandaise de se réfugier dans les maisons de Dieu, quand commencent les massacres. Le temps nous a laissé deux jours de tranquillité, puis les militaires et les policiers communaux sont venus faire une ronde de sur-

veillance autour de l'église, ils criaient qu'on allait bien tous être tués. Moi, je me souviens qu'on hésitait à respirer et à parler. Les *interahamwe* sont arrivés en chantant avant midi, ils ont jeté des grenades, ils ont arraché les grilles, puis ils se sont précipités dans l'église et ils ont commencé à découper des gens avec des machettes et des lances. Ils portaient des feuilles de manioc dans les cheveux, ils criaient de toutes leurs forces, ils riaient à gorge chaude. Ils cognaient à bout de bras, ils coupaient sans choisir personne.

Les gens qui ne coulaient pas de leur sang coulaient du sang des autres, c'était grand-chose. Alors, ils se sont mis à mourir sans plus protester. Il y avait un fort tapage et un fort silence en même temps. Au cœur de l'après-midi, les *interahamwe* ont brûlé des petits enfants devant la porte. Je les ai vus de mes yeux se tordre de brûlure tout vivants vraiment. Il y avait une forte odeur de viande, et de pétrole.

Je n'avais plus de précisions sur ma grande sœur, j'étais déboussolé. Dans la fin d'après-midi, j'ai reçu un coup de marteau, je suis tombé, mais j'ai réussi à serpenter et à me dissimuler en compagnie de garçons derrière une grille. Quand les *interahamwe* ont fini de travailler pour la journée, des jeunes gens de chez nous, encore assez vaillants pour s'évader dans la brousse, m'ont emporté sur leur dos.

Les *interahamwe* ont terminé la tuerie à l'église en deux jours ; et tout de suite ils sont sortis sur nos traces en forêt, avec des massues et des machettes. Ils fouillaient derrière les chiens pour rattraper les fuyards sous les branchages. C'est là que j'ai été pris. J'ai entendu un cri, j'ai vu une machette, j'ai reçu un choc sur la tête et je suis tombé dans un creux.

D'abord je devais être mort, puis j'ai insisté pour vivre. Je ne me souviens pas comment. Une dame de passage, du prénom de Mathilde, m'a trouvé et m'a emporté dans une cachette sous des *umunzenze*. Les *umunzenze* sont des arbres géants. Tous les soirs, dans l'obscurité, elle venait m'apporter de l'eau et des aliments. Ma tête se pourrissait, je sentais les vers qui semblaient ronger près du cerveau. Je pensais que le mauvais sort m'avait été jeté. Mais la dame posait dessus des feuilles de médecines africaines. Cette dame de bon cœur était de Nyamata ; je ne la connaissais pas de nom, parce que moi j'étais de N'tarama, comme je vous l'ai précédemment signalé. Elle était simplement tutsie, l'épouse d'un administrateur hutu. Quand son mari a su qu'elle avait soigné un enfant tutsi, il l'a emmenée au bord de la mare de Rwaki-Birizi, à un bon kilomètre, m'a-t-on rapporté après, et il l'a tuée d'un seul coup de couteau. Plus tard, il s'est mis dans le cortège des fuyards du Congo, et personne ne l'a jamais plus croisé.

Je ne me souviens plus comme il faut de la fin du génocide, à cause de ma coupure à la tête. Je n'avais plus de forces et guère plus de pensées, la maison familiale n'avait même plus de charpente. J'étais très abattu par la malaria, je ne portais plus qu'une culotte. Je n'avais plus personne avec qui aller, puisque tout le monde avait été tué, à l'église ou dans le marais. Alors, je suis retourné habiter à Nyamata chez ma tante Thérèse, qui cultive tout simplement.

J'habite maintenant au milieu de ses enfants, et d'autres enfants non accompagnés comme moi. Pendant les conversations entre enfants, il arrive que quelqu'un parle du génocide, alors chacun se met à raconter ce qu'il a vu. Ça prend parfois un temps long. Parfois il y en a un qui veut changer un détail, mais d'habitude on se répète les mêmes souvenirs. Parler entre nous dégage de la douleur.

Je suis retourné à l'école, en quatrième année du cycle primaire. Il y a des enfants hutus sur les bancs, je ne rencontre aucun problème avec eux. Parfois je joue un peu au ballon, mais ce sont surtout les garçons du Burundi qui amènent le ballon et chaussent les pantoufles pour taper dedans. Moi, j'aime bien bavarder avec un copain, j'aime bien aussi me promener. Je croise seulement une petite crainte si je vais seul chercher le bois de chauffage, loin des maisons, à cause des familles qui sont revenues du Congo. Quand vient mon tour de garder les chèvres de ma tante, je les emmène dans les broussailles en compagnie de ceux qui surveillent les vaches.

Mais ce que j'aime le plus, c'est passer des morceaux de temps dans la cour de l'église. À l'endroit où j'ai échappé aux massacres. Tous les jours je viens là, c'est sur le chemin de l'école. Le samedi et les vacances, je viens aussi. Des fois je pousse les chèvres de ma tante, des fois j'amène un copain avec une balle, ou je m'assieds seul. Tous les jours, je regarde les trous dans les murs. Je vais vers les casiers, je regarde les crânes, les ossements qui étaient ceux de tous ces gens tués autour de moi.

Au commencement, j'éprouvais une tendance à pleurer en voyant les crânes sans noms et sans yeux qui me regardaient. Mais peu à peu on s'est habitué. Je reste assis de longs moments, et ma pensée s'en va en compagnie de tous ceux-là. Je m'efforce de ne pas penser à des visages personnels quand je regarde les crânes, car si je me hasarde à songer à une connaissance la peur me rattrape. Je voyage simplement en souvenir entre tous ces morts qui étaient éparpillés et qui n'ont pas été enterrés. La vision et l'odeur de ces ossements me causent du mal et, à la fois, elles soulagent mes pensées. Elles me troublent la tête de toute façon.

À l'école, on n'a pas le temps de parler gravement de tout ça. J'entends aussi un grand nombre de gens qui m'encouragent à délaisser mes souvenirs, comme des choses malfaisantes. Raison pour laquelle je reviens à l'église. J'aime bien ce calme. J'aime bien échanger de longues phrases après l'école avec le gardien du Mémorial. Il s'appelle Épimaque Rwema. Il me raconte comment Nyamata était une bonne ville avant le génocide avec beaucoup de commerces, une équipe de foot très résistante et des voitures dans la rue, comment la vie semblait calme et seulement difficile pendant les sécheresses. Comment les gens se sont abaissés dans la boue pendant le génocide ; pourquoi des avoisinants ne veulent plus s'échanger des paroles qui favorisent la pitié. Il m'explique pourquoi un nombre de gens sont démolis malgré la délivrance. Il me parle aussi des étrangers de bonne foi qui viennent dorénavant visiter les ossements du Mémorial, même de ceux qui oublient de donner des petits cadeaux.

Moi, j'entends qu'il y avait des tueries partout dans le Bugesera et dans le pays ; mais celles de Nyamata étaient un peu plus étourdissantes parce que les malfaiteurs hachaient les femmes et les enfants jusque sous la croix. C'est pour ça que les autorités nous ont donné la permission de construire un mémorial.

Dans l'église, j'avais bien reconnu un seul avoisinant qui cognait. Il était de N'tarama, il cognait comme s'il ne pouvait plus s'arrêter. Il était plus qu'essoufflé. Il était sans chemise, la transpiration lui dégoulinait de partout même s'il faisait ce travail de massue bien à l'ombre du toit. Souvent, près du marché, je croise sa famille qui est revenue sur sa parcelle et ça me met mal à l'aise. Je sais qu'il est enfermé dans la prison de Rilima. Je pense qu'il ne peut plus vivre ; parce que celui qui a trop cogné de son gourdin, il ne pense plus qu'à ceux qu'il a tués, et comment il les a tués, et il ne va jamais plus perdre l'appétit de tuer. À l'église, j'ai vu que la férocité peut remplacer la gentillesse dans le cœur d'un homme, plus vite que la pluie d'orage. C'est une pénible inquiétude qui m'égare maintenant.

Je crois que jamais les Blancs, ni même les Noirs des pays avoisinants, ne vont croire de fond en comble ce qui s'est passé chez nous. Ils accepteront des morceaux de vérité, ils négligeront le reste. Même entre nous, on s'étonne d'entendre les tueries comme elles sont racontées par des copains là où on était pas, parce que la vérité vraie sur les tueries de Tutsis, elle nous dépasse tous pareillement. Raison pour laquelle, quand je pense à ceux qui ont coupé papa et maman, et toute ma famille, je voudrais qu'ils soient fusillés, afin d'éloigner mes pensées de leur triste destin.

Moi, je pense que les *interahamwe* ne peuvent pas présenter une seule explication valable sur pourquoi ils détestent les Tutsis ; ils ne savent que répéter menaces ou accusations. Soi-disant, ils ont peur de quelque chose caché dans la nature des Tutsis, un péril qui s'est déguisé. La vérité, c'est qu'ils guettent trop les richesses des Tutsis, ils ont peur de manquer un jour de parcelles, ils ont peur de devenir leurs misérables. Même si les Tutsis sont plus pauvres qu'eux, les Hutus veulent creuser dans leurs maisons pour leur prendre leurs riens du tout. Ils se sont gâté le cœur de propagande et de gourmandise.

Quand je serai grand, je n'irai plus à la messe. Je n'entrerai plus dans une autre église. Je voudrais être enseignant, parce qu'à l'école je profite du réconfort des autres, et parce que papa était enseignant.

Le grand et le petit marchés

À une centaine de mètres de l'église, se profile la grand-rue de Nyamata, bordée de majestueux *umuniyinya*, dits « arbres à palabres ». Un panneau en bois illustre une campagne de prévention contre le sida, seul slogan visible en ville. Il marque l'entrée de la place du marché, peuplée de footballeurs tournoyant autour de balles en feuilles de bananier, sauf aux heures caniculaires de la sieste.

Nyamata vit au rythme de deux marchés, le grand et le petit. Le grand se tient le mercredi et le samedi, où, dès l'aube, les commerçantes disposent leurs marchandises sur des étoffes étalées à terre. Comme partout en Afrique, le marché se distribue par corporations. Dans un coin se regroupent les femmes de pêcheurs, près de leurs poissons enfilés sur des lianes, séchés ou fumés, protégés des mouches par la poussière. Là, les cultivatrices, leurs tas de patates douces, leurs régimes de bananes, leurs sacs de haricots rouges. Plus loin, des empilements de chaussures, à la paire ou à l'unité, neuves ou d'occasion. Les luxueux étalages de coupons de pagnes, de Taïwan ou du Congo, cousinent avec les empilements de tee-shirts et de sous-vêtements.

Dès le début de la matinée, la cohue laisse peu d'espace de manœuvre aux longilignes brouettes en bois des transporteurs, ou aux porteuses de plateaux d'osier, qui ravitaillent les stocks. Les achats de musique se font un peu à l'écart, dans la rue. L'échoppe se compose d'une radiocassette pour les essais, posée sur un tabouret, et de trois tables couvertes de cassettes de cantiques, d'airs folkloriques des Grand Lacs, de mélancoliques chants d'Annonciata Kamaliza, une célèbre artiste rwandaise, de tubes plus dansants, congolais et sud-africains. La musique du monde est représentée par Céline Dion et Julio Iglesias.

Le marché est plutôt gai, modeste, pour ne pas dire pauvre, sans bijouteries, sans brocanteurs, sans marchands de sculptures ou de peintures, sans instruments de musique, sans beaucoup de marchandages ni palabres, ni d'esclandres non plus.

Le petit marché, lui, se tient tous les jours sur un terrain vague bosselé derrière la place. Il est essentiellement alimentaire. Les tas de manioc entourent la cabane de la meunerie. La foire aux chèvres est située près de la bâtisse de l'abattoir, dont le devant sert d'étal de boucherie. Pas loin se trouvent la pharmacie animalière, le cabinet de consultation et le cabaret des vétérinaires communaux. Les marchands de fagots s'associent aux marchands de charbon de bois. On trouve aussi des rechapeurs de semelles de claquettes, des jerricanes d'alcool de banane, des cruches de lait caillé, de la tourbe et du fumier, des empilages de poules ligotées, des pyramides de sucre et de sel, et partout des sacs de haricots.

La place du marché est entourée de boutiques peintes en vert, orange et bleu, couleurs pâlies par la chaleur et la poussière. La moitié sont closes et se délabrent depuis la guerre. L'autre moitié abrite des salons de coiffure, des cabarets sombres où les hommes sirotent du vin de banane.

À Nyamata, il n'y a plus ni kiosques à journaux ni librairie laïque. Pour les photocopies, on va à la librairie religieuse. Près des étalages de tissus, sous les auvents des boutiques, près des salons de photo, des couturières se penchent sur de splendides machines à coudre noir et or, de marque Singer ou Butterfly. Elles raccommodent un pantalon déchiré, taillent une chemise sur mesure, ourlent des tissus de pagnes, le temps d'un aller-retour des clients à l'église, au dispensaire ou à la commune.

Deux jours par semaine, Jeannette Ayinkamiye descend de la colline de Kanazi pour faire de la couture au marché, parmi une vingtaine de machines, qui cliquettent dans un silence studieux, interrompu de temps à autre par des éclats de rire ou des conseils. Jeannette porte ces jours-là sa robe longue du dimanche à manches bouffantes, mais pas de bijoux ni de tresses ou de mèches, proscrits par son pasteur pentecôtiste.

Les autres jours de la semaine, sauf le dimanche, elle cultive une parcelle familiale. Elle a abandonné ses études après le génocide. Elle habite une maison de briques impeccablement entretenue, avec deux petites sœurs et deux enfants orphelins dont elle a la charge, qu'elle nourrit, habille et envoie à l'école. Elle n'avait jamais parlé avec un étranger auparavant, mais dès la première rencontre elle accepte sans hésitation de se raconter. À l'évocation, répétée et douloureuse, de la mort de sa mère, elle montre un étonnant courage à poursuivre.

Jeannette Ayinkamiye, 17 ans, cultivatrice et couturière
Colline de Kinyinya (Maranyundo)

Je suis née parmi sept frères et deux sœurs. Papa a été coupé le premier jour mais on n'a jamais su où. Mes frères ont été tués peu après. Avec maman et les petites sœurs, nous sommes parvenues à nous enfuir dans les marais. Nous avons duré un mois sous les branchages de papyrus, sans presque plus voir ni entendre rien du monde.

Le jour, on était allongées en compagnie des serpents et des moustiques dans la boue, pour se protéger des attaques des *interahamwe*. La nuit, on errait entre les maisons abandonnées pour trouver de quoi manger sur les parcelles. Puisqu'on se nourrissait de ce qu'on trouvait, on rencontrait beaucoup de cas de diarrhées ; mais, heureusement, les maladies ordinaires, la malaria ou les fièvres des pluies, semblaient vouloir nous épargner pour cette fois. Nous ne savions plus rien de l'existence, sauf que tous les Tutsis étaient massacrés dans les communes et que nous devions tous mourir prochainement.

On avait l'habitude de se cacher en petites assemblées. Un jour, les *interahamwe* ont déniché maman sous les papyrus. Elle s'est levée, elle leur a proposé de l'argent pour être tuée d'un seul coup de machette. Ils l'ont déshabillée pour prendre l'argent noué à son pagne. Ils lui ont coupé d'abord les deux bras, et ensuite les deux jambes. Maman murmurait : « Sainte Cécile, Sainte Cécile », mais elle ne suppliait pas.

Cette pensée me rend triste. Mais ça m'attriste pareillement de m'en souvenir à voix haute ou à voix silencieuse, c'est pourquoi ça ne me gêne pas de vous la raconter.

Mes deux petites sœurs ont tout vu parce qu'elles étaient allongées à ses côtés, elles aussi ont été frappées. Vanessa a été blessée aux chevilles, Marie-Claire à la tête. Les tueurs ne les ont pas complètement découpées. Peut-être parce qu'ils étaient pressés, peut-être l'ont-ils fait exprès, comme pour maman. Moi, j'ai seulement entendu les bruits et les cris, parce que j'étais dissimulée dans un trou un peu plus loin. Quand les *interahamwe* sont partis, je suis sortie et j'ai fait goûter de l'eau à maman.

Le premier soir elle pouvait parler. Elle m'a dit : « Jeannette, je pars sans espoir parce que je pense que vous allez me suivre. » Elle souffrait beaucoup à cause des coupures, mais elle répétait que nous allions tous mourir et ça l'emplissait encore plus de chagrin. Je n'ai pas eu la hardiesse de passer la nuit avec elle. Il fallait d'abord s'occuper des petites sœurs, qui étaient très blessées mais pas mourantes. Le jour suivant, ce n'était pas possible non plus de rester avec elle, parce qu'on était contraintes de se cacher. C'était la règle dans le marais : quand quelqu'un était gravement coupé, on était obligés de l'abandonner par manque de sécurité.

Maman est restée gisante trois jours avant de finalement mourir. Le deuxième jour, elle pouvait seulement chuchoter : « Au revoir les enfants », et demander de l'eau, mais elle n'arrivait toujours pas à partir. Je ne pouvais pas rester longuement près d'elle à cause des attaques des *interahamwe*. Je voyais que pour elle c'était fini. Je comprenais aussi que pour certaines personnes, qui étaient abandonnées de tout, pour qui la souffrance devenait la dernière compagnie, la mort devait être quand même un trop long travail, et très inutile. Le troisième jour, elle ne pouvait plus avaler, seulement gémir à petits mots et regarder. Elle n'a plus jamais fermé ses yeux. Elle s'appelait Agnès Nyirabu-guzi. En kinyarwanda, Nyirabuguzi signifie : « Celle qui est féconde ».

Souvent, aujourd'hui, je rêve d'elle dans une scène précise au milieu du marécage : je regarde le visage de maman, j'écoute ses mots, je lui donne à boire mais l'eau ne peut plus couler dans sa gorge et dérape directement de ses lèvres ; et la poursuite des assaillants reprend ; je me lève, je me mets à courir ; quand je reviens au marécage, je demande après ma maman aux gens, mais personne ne la connaît plus comme ma maman ; alors je me réveille.

Le dernier jour du génocide, quand les libérateurs nous ont appelés au bord du marais, il y en a eu parmi nous qui refusaient de bouger de dessous des papyrus, sous prétexte que ce devait être une nouvelle ruse des *interahamwe*. Par après, le soir, on a été rassemblés sur le terrain de football de Nyamata ; les plus valides sont sortis fouiller dans les maisons en quête de vêtements présentables. Bien qu'on pouvait enfin manger salé, on ne montrait aucune gaieté, parce qu'on pensait à ceux qu'on avait laissés là-bas. On se sentait comme dans les marais, sauf que plus personne ne nous courait après. On ne risquait plus la mort, mais on était encore abattus par la vie.

On a cherché un logis parce que les blessures des petites sœurs étaient infectées. Elles ont duré trois semaines chez les doctoresses avant qu'on puisse repartir vers notre parcelle natale. La maison était détruite. Dans la brousse, nous avons rencontré Chantal Mukashema et son petit cousin Jean-de-Dieu Murengerani, autrement dit Walli. Nous nous sommes rassemblés dans la maison d'un oncle, qui avait été pillée, sans toit, sans lit, sans même un morceau de tissu. Notre vie a recommencé là.

Maintenant, nous grattons la terre de la parcelle. Nous préparons le manger, en riant quand nous pouvons, pour rapprocher les enfants de la gaieté. Mais nous ne célébrons plus les anniversaires, parce que ça nous peine de trop, et que ça coûte trop d'argent. On ne se dispute jamais, même pas une seule fois par hasard, parce qu'on ne trouve ni comment ni pourquoi. Parfois on se chante des chansons d'école. Les deux petites filles sont retournées en classe. Jean-de-Dieu, lui, il est trop pensif depuis qu'il a reçu un coup de machette sur la tête. Il aime rester assis, sans compter les heures, le menton dans sa main. Un jour, Chantal est partie se marier avec un prénommé François, mais on continue à se rendre visite. Moi, je ne vois pas mon mariage, à cause des petites sœurs et d'autres empêchements. Je rencontre trop d'hésitations autour de moi. En vérité, je ne me sens pas très à l'aise avec la vie. Je n'arrive plus à réfléchir au-delà du présent.

L'année dernière, la maison de l'oncle était en voie de se détruire. On nous a déménagés à Kanazi, dans cette maison durable, en briques et tôle ondulée, avec une table, des sièges et des lits à tiroirs. Là, mes mauvaises pensées se sont moins condensées. Le lundi, mardi, jeudi, je fais la cultivatrice sur nos parcelles ou sur celles des avoisinants, qui me fournissent des aliments ou des petits sous. Le mercredi et le samedi, je vais au marché de Nyamata, coudre sur une machine Butterfly. Une fille, Angélique, m'a fait une place à son côté. Je couds des petites commandes de rapiéçage pour les gens de passage, je me débrouille avec ça. Je regrette de ne pas pouvoir apprendre à fond le métier de couture, afin de quitter le labeur de parcelle.

Les enfants ont vidé beaucoup de misère de leur esprit, ils ont toutefois gardé des cicatrices et des maux de tête et des maux de pensées. Quand ils souffrent de trop, on prend le temps de bien évoquer ces jours malheureux. Les deux filles parlent le plus, parce qu'elles ont tout vu à propos de maman. Elles racontent souvent la même scène et elles oublient le reste.

Notre mémoire se modifie avec le temps. On oublie des circonstances, on confond les dates, on mélange les attaques, on se trompe sur les noms, on se désaccorde même sur comment est mort celui-là ou celle-là et d'autres connaissances. Toutefois on se souvient de tous les moments terribles que l'on a vécus personnellement, comme s'ils s'étaient déroulés l'année dernière. Avec le temps, on garde des listes de souvenirs très précis ; on se les raconte quand ça ne va pas ; ils deviennent de plus en plus véridiques, mais on ne sait presque plus les ordonner dans le bon sens.

Quand je me retrouve seule au champ, j'ai tendance parfois à revoir ça avec trop de chagrin. Alors je pose la houe et je vais chez des avoisinants pour bavarder. On chante, on se partage un jus et ça me fait du bien. Le dimanche je vais à l'église, je chante et je prie. Je pense que Satan a choisi les Hutus pour accomplir toutes ces horreurs, seulement parce qu'ils étaient plus nombreux et plus forts, et ils pouvaient donc répandre plus de mal dans une période limitée de quelques mois. Quand j'écoute à la radio les nouvelles de ces guerres africaines, je suis très inquiète. Je pense que Satan profite des trop longues absences de Dieu en Afrique pour multiplier toutes ces hécatombes. J'espère seulement que les âmes de tous les Africains qui ont enduré tous ces malheurs sont bien accueillies comme il faut.

L'histoire des Hutus et des Tutsis ressemble à celle de Caïn et Abel, des frères qui ne se comprennent plus du tout pour des riens. Mais je ne crois pas que le peuple tutsi ressemble au peuple juif, même si les deux peuples ont été attrapés par des génocides. Le peuple tutsi n'a jamais été un peuple choisi pour entendre la voix de Dieu, comme le peuple hébreu à l'époque des païens. Il n'est pas un peuple puni à cause de la mort de Jésus-Christ. Le peuple tutsi, c'est simplement un peuple malchanceux sur des collines, à cause de son allure haute.

Dans le marais, Vanessa avait vu un long moment dans les yeux les assassins de maman. Deux ans après, elle a reconnu le visage d'un de ces criminels, qui revenait paisiblement du Congo, avec son balluchon. C'était un garçon de Kayumba, le fils aîné de notre pasteur. Un garçon long et bien instruit pourtant. Il dure maintenant au pénitencier de Rilima, près du lac Kidogo.

Ces prisonniers sont un problème tourmentant. Si on emprisonne toute la haine des massacreurs, elle ne pourra jamais sécher au grand air. Mais si on la laisse se faufiler dans les bananeraies, les tueries vont recommencer. J'ai vu des femmes se jeter dans la rivière, un enfant dans les bras, pour leur éviter le sang. Des femmes surtout, car les femmes et les enfants devaient être plus tourmentés que les hommes. Je sais que si Dieu ne rattrape pas lui-même leurs tueurs pour les sermonner, ils voudront toujours recommencer. Je me fie à lui parce que je suis trop anxieuse.

Moi, je sais que lorsqu'on a vu sa maman être coupée si méchamment, et souffrir si lentement, on perd à jamais une partie de sa confiance envers les autres, et pas seulement envers les *interahamwe*. Je veux dire que la personne qui a regardé si longtemps une terrible souffrance ne pourra plus jamais vivre parmi les gens comme auparavant, parce qu'elle se tiendra sur ses gardes. Elle se méfiera d'eux, même s'ils n'ont rien fait. Je veux dire que la mort de maman m'a le plus attristée, mais que sa trop longue douleur m'a le plus endommagée, et que ça ne pourra plus s'arranger.

Je sais aussi, désormais, qu'un homme peut devenir d'une méchanceté inouïe très soudainement. Je ne crois pas à la fin des génocides. Je ne crois pas ceux qui disent qu'on a touché le pire de l'atrocité pour la dernière fois. Quand il y a eu un génocide, il peut y en avoir un autre, n'importe quand à l'avenir, n'importe où, au Rwanda ou ailleurs ; si la cause est toujours là et qu'on ne la connaît pas.

La route du Bugesera

De Kigali, pour se rendre dans le Bugesera, on descend une grande avenue en zigzags, sans cesse encombrée et tonitruante, qui rejoint la grande route de la Tanzanie. Au passage de la dernière station-service, envahie de chauffeurs de taxi longue distance, de changeurs de devises, de joueurs d'awalé et de vendeuses de cigarettes, on abandonne l'asphalte pour bifurquer vers le sud, sur une piste en terre crevassée. La piste sort des derniers faubourgs, puis dessert des villages qui s'espacent, se raréfient ; elle croise des écoles et des églises perchées sur des tertres qui rapetissent au fil des kilomètres.

De jaune-gris, la piste se colore peu à peu en ocre, puis elle entre dans des paysages safranés, incarnats, pourpres au gré des lumières du soleil. Bien loin du vert chatoyant des coteaux de thé de Cyangugu, du vert luxuriant des forêts tropicales de Kibuye, la piste sinue entre des vallonnements de terre argileuse et de maquis poussiéreux. Les champs de haricots et de patates douces alternent avec des bananeraies dépenaillées ; on freine pour laisser passer des troupeaux de vaches nonchalantes, frappées par des gamins qui ne leur arrivent pas à hauteur de croupe ; on double des cortèges de femmes qui marchent, des bassines de manioc sur la tête, des bébés drapés sur leurs reins. On croise de rares camionnettes et des minibus appelés « Dubaï », leurs amortisseurs affaissés sous la surcharge de passagers.

À l'extrémité d'une passerelle posée au-dessus des eaux vaseuses du fleuve Nyabarongo, un large cercle de voyageurs, affalés sur des ballots d'étoffes, attendent des places dans les véhicules de passage. À perte de vue, de part et d'autre de la passerelle, des myriades d'ibis sacrés picorent au milieu de gangas noirs à queue ronde et de poules sultanes flottant entre les roseaux. Au-delà s'étend le Bugesera et commence la commune de Nyamata.

Le territoire de la commune est délimité par trois cours d'eau marécageux. Au nord et à l'est, le Nyabarongo, bordé des marais de Butamwa ; à l'ouest, la rivière Akanyaru, bordée des marais de Nyamwiza ; au sud, le lac Cyohoha et les marais Murago. Ces vallées boueuses, couvertes de papyrus et de nénuphars géants, quadrillent les quinze collines de Nyamata.

À l'entrée de la commune, une ficelle tendue en travers de la route signale le poste militaire. La piste pénètre alors dans un paysage rouge et vert. Rouge ocre d'une latérite qui se collera désormais aux vêtements, à la peau, qui recouvrira les sols ; vert pâle des bananeraies, des papyrus et des arbustes et broussailles. Les maisons du premier village, Kanzenze, sont en pisé et en tôle. Trois cabarets – qui sont au Rwanda ce que sont les maquis en Côte d'Ivoire ou les terrasses au Congo – concentrent, face à deux entrepôts, l'essentiel de la vie publique de l'endroit.

Sur la droite, un chemin à peine carrossable grimpe dans une forêt d'acacias, et mène sur les hauteurs de Kibungo. Plus loin, un sentier descend vers l'école de Cyugaro, qui sera souvent mentionnée dans les récits parce qu'elle servait de refuge ; il plonge plus loin sur les marais Nyamwiza évoqués par Jeannette. Dans les branchages se répondent des perruches et des perroquets jaco au bec crochu.

Le village de Kibungo n'accueille plus de voiture depuis belle lurette. Le substitut du procureur, le conseiller communal, le secrétaire du rectorat s'y rendent en moto de service. Le directeur d'école et les instituteurs, quelques commerçants et éleveurs, montent à vélo, le plus souvent chargés de bidons et de caisses. Les autres, des femmes qui reviennent du marché, des adolescents qui sortent du collège, des choristes paroissiaux, des cultivateurs partis vendre une chèvre ou un sac, marchent à travers la forêt en une colonne ininterrompue. À une ultime bifurcation, les piétons escaladent un raccourci dans le lit pierreux d'un torrent de montagne et retrouvent les cyclistes aux premières maisons de pisé.

Sur l'esplanade du village, une femme est adossée à sa maison, assise sur un banc. Elle s'appelle Francine Niyitegeka. Elle sourit et présente son nourrisson, Bonfils, qu'elle tient dans ses bras. Sa nièce, Clémentine, est à son côté. Elle est habillée d'un pagne fleuri et vert, un tissu assorti enroulé en turban autour de ses cheveux. Sa beauté se remarque de loin ; de près, tous ses gestes sont empreints d'une grâce indicible. Elle s'apprête à prendre à pied le chemin du dispensaire, distant d'une vingtaine de kilomètres, parce que son bébé souffre d'un brutal accès de malaria. L'apparition d'une voiture étrangère, aubaine inespérée en ce torride après-midi, l'incite à surmonter sa timidité. Elle rit et, en bonne Africaine, négocie le premier entretien contre un transport aller-retour en voiture. Le premier jour, elle évoque ses souvenirs par bribes, avec parcimonie ; elle décrit un drame par ellipses délicates. Sa méfiance se dissipe au fil des rencontres. Elle se montre même souvent bavarde, et parfois gaie.

Francine Niyitegeka, 25 ans, commerçante et agricultrice
Colline de Kibungo

Mes parents avaient été chassés de leur terre natale, l'année de l'Indépendance, sur un camion de l'administration belge, pour venir éclaircir une parcelle de brousse sur la colline de Kibungo. Ici, avec les Hutus du voisinage, on ne s'était jamais sincèrement mélangés. Chacun vivait au milieu de son ethnie, personne ne se querellait. Il y avait beaucoup d'inégalités dans les relations, mais tout de même une entente.

C'est un ou deux mois avant le génocide que des confidences très accablantes de massacres ont commencé à circuler dans les parcelles. Les avoisinants hutus clamaient dans notre dos : « Des Tutsis, des Tutsis, ceux-là doivent mourir absolument ! », et ils nous jetaient d'autres menaces semblables. Des visages nouveaux apparaissaient entre les maisons, et on entendait les encouragements des *interahamwe* qui s'entraînaient dans la forêt.

Les *interahamwe* ont commencé à chasser les Tutsis sur notre colline le 10 avril. Le même jour, nous avons délogé en cortège en vue de nous installer dans l'église de N'tarama ; parce qu'ils ne s'étaient jamais avisés de tuer les familles dans les églises. Nous avons attendu cinq jours. Les collègues ne cessaient de s'assembler, nous devenions une grande foule. Quand l'attaque a commencé, il y avait beaucoup trop de bruits pour comprendre toutes les péripéties de la tuerie. Mais j'ai reconnu beaucoup de visages d'avoisinants, qui tuaient à tour de bras. Très tôt, j'ai senti un choc, je suis tombée entre les bancs, en pleine pagaille. Quand je me suis réveillée, j'ai vérifié que je n'étais pas mourante. Je me suis faufilée entre les corps et je me suis échappée dans la brousse. Entre les arbres, j'ai rencontré une compagnie de fuyards et nous avons couru jusque dans les marais. Je devais y demeurer un mois.

Nous avons vécu alors des jours plus bas que la détresse. Tous les matins, on allait cacher les plus petits sous les papyrus du marigot, puis on s'asseyait sur l'herbe sèche, et on tentait d'échanger des mots calmes. Quand on entendait les *interahamwe* arriver, on courait se disperser en silence, au plus profond des feuillages, et on s'enfonçait dans la boue. Le soir, quand les tueurs avaient fini le travail et s'en étaient retournés, ceux qui n'étaient pas morts sortaient du marais. Ceux qui étaient blessés se couchaient tout simplement sur la rive humide, ou dans la forêt. Les bien portants montaient s'assoupir au sec, dans l'école de Cyugaro.

Et au matin, très tôt, on redescendait, on pénétrait dans les marécages ; on recouvrait de feuilles les plus affaiblis pour les aider à se dissimuler. Dans les marais, on faisait face à beaucoup de femmes nues, parce que les Hutus récupéraient les pagnes valables, quand ils avaient tué. Vraiment, ces rencontres nous mouillaient la vue de colère.

J'avais retrouvé mon fiancé, Théophile. On s'apercevait sur les chemins, on se côtoyait mais on vivait sans plus aucune intimité. On se sentait trop éparpillés pour trouver de vrais mots à s'échanger et des gestes de gentillesse à se toucher. Je veux dire que, si on se croisait, ça n'avait plus grande importance, ni pour l'un ni pour l'autre ; puisque, avant toute chose, chacun était préoccupé de se sauver de son côté.

Un jour, je me suis fait attraper dans ma cachette d'eau. Ce matin-là, je m'étais enfuie derrière une vieille femme de connaissance. Nous étions accroupies dans l'eau en silence. Les tueurs l'ont dénichée la première, ils l'ont coupée devant mes yeux, sans prendre la peine de la sortir de l'eau. Puis, ils ont fouillé minutieusement les feuillages autour, parce qu'ils savaient bien qu'une femme ne se dissimulait jamais seule, et ils m'ont trouvée. Je tenais mon enfant dans mes bras, ils l'ont abattu. J'ai demandé à sortir sur les herbes et de ne pas mourir dans la saleté de boue et de sang où gisait déjà la femme. Les hommes étaient deux, je n'oublie pas un trait de leurs figures. Ils m'ont traînée sous les papyrus, ils m'ont étendue d'un premier coup de massue en plein front, ils n'ont pas coupé le cou. Souvent, ils laissaient les blessés un ou deux jours dans la boue, avant de revenir les achever. Mais, quant à moi, je crois qu'ils ont simplement oublié de repasser par là, c'est pourquoi ils ont raté le travail.

Je suis restée évanouie longuement ; puis Théophile et des fuyards m'ont découverte moribonde et m'ont réconfortée avec de l'eau à boire. Je n'étais plus qu'à moitié vivante. Je subissais une mauvaise fièvre et de sales pensées. Je ne craignais plus la mort, toutefois, les blessures ont choisi d'épargner ma tête. J'ai réussi à guérir sans plus de soins. Les soirs, Théophile m'entourait, il m'apportait des poignées d'aliments ramenés des champs. Je me suis finalement remise dans la vie, j'ai repris les occupations de survie, j'ai retrouvé mon équipe. Dans les marécages, on essayait de rester dans un même groupe de connaissances, pour faciliter le réconfort entre nous. Mais si trop de gens mouraient, on était obligés de rallier une nouvelle équipe.

Pendant les rassemblements du soir, nous n'attrapions de nouvelles de nulle part puisque les postes de radio ne résonnaient plus, sauf dans les maisons des tueurs. On comprenait toutefois par ouï-dire que le génocide s'étendait sur tout le pays, que tous les Tutsis subissaient le même sort, que personne ne viendrait plus nous sauver. On pensait que nous devions tous mourir. Moi, je ne me préoccupais plus de quand j'allais mourir, puisqu'on allait mourir, mais de comment les coups allaient me couper ; du temps que ça prendrait, parce que j'étais très effrayée de la souffrance des machettes.

J'ai entendu plus tard qu'un petit nombre d'individus se sont suicidés. Surtout des femmes, qui sentaient leurs forces diminuer et préféraient les flots du fleuve au dépeçage. Ce choix de mort demandait une trop grande folie, car les risques de se faire surprendre par la machette grandissaient sur le chemin qui mène au Nyabarongo.

Le jour de la libération, quand les *inkotanyi* du FPR sont descendus au bord des marais et ont crié qu'on pouvait sortir, personne ne voulait plus bouger sous les papyrus. Les *inkotanyi* s'époumonaient à crier des paroles rassurantes ; et nous, on restait sous les feuillages, sans prononcer un mot. Moi, je pense que pendant ce moment, nous, les rescapés, nous nous méfiions de tous les humains de la terre.

Les *inkotanyi*, de leur côté, lorsqu'ils nous ont vus enfin sortir, pareils à des vagabonds de boue, ils paraissaient incommodés à notre passage. Ils semblaient surtout très étonnés ; comme s'ils se demandaient si on était restés quand même des humains, pendant tout ce temps dans les marais. Ils étaient plus que gênés de nos apparences de maigreur et de puanteur. Malgré le dégoût de la situation, ils voulaient nous montrer un grand respect. Certains choisissaient de se tenir raides dans leur uniforme, en rangs derrière ; leurs regards immobiles sur nous. D'autres décidaient de s'approcher de près pour soutenir les plus mal portants. Ça se voyait qu'ils y croyaient péniblement. Ils voulaient se montrer très gentils, mais ils osaient à peine nous parler du bout des lèvres, comme si nous ne pouvions plus rien comprendre de vrai. Sauf bien sûr entendre des mots doux d'encouragement.

Quatre mois après le génocide, je me suis mariée avec Théophile. On a fait comme si rien n'avait changé entre nous, malgré ce qui s'était passé. On est bien revenus comme ça, en se disant bas ce qui devait se dire bas, et haut ce qui se disait haut. On vit dans une maison terre-tôle de trois pièces avec nos deux petits enfants et quatre orphelins. Les orphelins, ce n'est plus la peine de rien leur apprendre sur le génocide, ils ont vu le pire du réel. Mes deux petits enfants, ils sauront plus tard la nécessaire vérité sur le génocide. Toutefois, je pense qu'un écart de compréhension séparera désormais ceux qui se sont allongés dans des marais, et ceux qui ne l'ont jamais fait ; entre vous et moi par exemple.

On parle des tueries presque tous les jours avec les voisins, sinon on en rêve la nuit. Parler n'adoucit pas nos cœurs, parce qu'on ne peut revenir en paroles aux temps d'auparavant. Mais se taire encourage la peur, l'éloignement et tous ces sentiments de méfiance. Parfois on blague de tout ça, on rit, et quand même on revient, à la fin, sur les instants fatals.

Moi, je ne veux pas pleurer vengeance, mais j'espère que la justice nous proposera notre part d'apaisement. Ce que les Hutus ont fait est invraisemblable, surtout pour nous autres, leurs avoisinants. Les Hutus ont toujours imaginé que les Tutsis étaient plus hautains et plus civilisés, mais ce sont des bêtises. Les Tutsis réagissent seulement plus sobrement, dans le malheur et dans le bonheur. Ils sont simplement réservés de comportement. Il est vrai aussi que les

Tutsis préparent mieux le devenir, c'est dans leur tradition. Mais de toute façon, dans le Bugesera, jamais les Tutsis n'ont causé de mal aux Hutus ; ils n'ont même jamais eu à leur égard de paroles douteuses. Ils étaient aussi misérables sur les collines, ils n'avaient pas de parcelles plus grandes et ils n'avaient pas plus de santé et d'éducation que les Hutus.

Je ne vois pas grand avantage ou désavantage à dire ça maintenant. Je le fais dans le doute, parce que trop de gens ne sont plus là pour pouvoir parler à leur place, tandis que le sort m'a prêté l'opportunité de parler à la mienne.

Les Hutus souffrent toujours d'une mauvaise idée sur les Tutsis. C'est notre physionomie qui est l'origine du mal, voilà la vérité. Nos muscles qui sont plus longs, nos traits qui sont plus fins, notre marche qui est plus raide. Notre prestance de naissance, je ne vois que ça.

Ce que les Hutus ont fait, c'est plus que de la méchanceté, plus qu'un châtiment, plus que de la sauvagerie. Je ne sais rien dire de plus précis ; car si une extermination se partage en conversation, elle ne peut pas s'expliquer de façon acceptable, même entre ceux qui l'ont vécue. Il surgit toujours une nouvelle question que l'on n'avait pas prévue.

Ma famille est morte, et moi, suite à mes maux de tête, je ne peux plus cultiver au soleil. Je ne sais pas pourquoi Dieu m'a choisie pour ne pas mourir, puisque j'étais prête à expirer, et je le remercie. Mais je pense à tous ceux qui ont été tués, à tous ceux qui ont tué. Je me dis, le premier génocide je n'y croyais pas, alors, sur la possibilité d'un deuxième, je ne peux pas répondre. Franchement, je crois que les suppressions de Tutsis sont terminées pour notre génération ; par après, personne ne peut prédire notre futur. Je sais que nombre de Hutus blâmaient ces massacres, qu'ils se sentaient obligés. Je vois que des Hutus baissent les yeux de se sentir très coupables. Mais, je n'entrevois guère de bonté dans le cœur de ceux qui reviennent sur les collines, et je n'entends personne demander pardon. De toute manière, je sais qu'il n'y a rien à pardonner.

Parfois, quand je suis assise seule, sur une chaise, à la véranda, j'imagine une possibilité : si, un jour lointain, un cohabitant s'approche lentement de moi et me dit : « Bonjour Francine. Bonjour à ta famille. Je suis venu te parler. Voilà, c'est moi qui avais coupé ta maman et tes petites sœurs, ou c'est moi qui avais essayé de te tuer dans le marais. Je veux te demander pardon » ; alors, à cette personne-là, je ne pourrais rien répondre de bon. Un homme, s'il a bu une Primus de trop et qu'il bat sa femme, il peut demander pardon. Mais s'il a travaillé à tuer tout le mois, même le dimanche, qu'est-ce qu'il peut espérer se faire pardonner ?

Il nous faut seulement reprendre la vie, puisqu'elle l'a décidé. Il ne faut pas que les épineux envahissent les parcelles ; il faut que les enseignants reviennent aux tableaux d'école ; il faut que les docteurs soignent les malades dans les dispensaires. Il faut de nouvelles vaches en pleine force, des tissus de multiples qualités, des sacs de haricots sur les marchés. Beaucoup de Hutus sont nécessaires dans cette situation. On ne peut pas présenter tous les tueurs sur la même ligne. Ceux qui étaient dépassés peuvent un jour sortir du Congo et des prisons, et revenir sur leurs parcelles. On recommencera à puiser l'eau ensemble, à s'échanger des paroles de voisinage, à se vendre du grain. Dans vingt ans, cinquante ans, il y aura peut-être des jeunes gens et des jeunes filles qui apprendront le génocide dans les livres. Pour nous, toutefois, c'est impossible de pardonner.

Quand on a vécu en vrai un cauchemar éveillé, on ne trie plus comme auparavant les pensées de jour et les pensées de nuit. Depuis le génocide, je me sens toujours poursuivie, le jour, la nuit. Dans mon lit, je me tourne contre des ombres ; sur le chemin, je me retourne sur des silhouettes qui me suivent. J'ai peur pour mon enfant quand je croise des yeux inconnus. Parfois je rencontre le visage d'un *interahamwe* près de la rivière et me dis : « Tiens, Francine, cet homme, tu l'as déjà vu en rêve », et me souviens seulement après, que ce rêve était ce temps, bien éveillé, des marais.

Je pense que ça ne finira jamais pour moi, d'être mal regardée parce que j'ai le sang tutsi. Je pense à mes parents qui se sentaient toujours chassés à Ruhengeri. Je ressens une sorte de honte de me sentir ainsi poursuivie toute une vie, simplement pour ce que je suis. Dès que je ferme les paupières sur ça, je pleure en moi-même, de chagrin et d'humiliation.

La colline de Kibungo

À Kibungo, Francine, épouse du premier conseiller communal, Théophile Mpilimba, tient le cabaret-comptoir du village, si modeste qu'il n'est signalé par aucune enseigne, dans une maisonnette mitoyenne de son domicile. Les murs sont de torchis, le sol est de terre battue, la fenêtre minuscule. Au fond, des casiers de bouteilles de bière Primus disputent la place aux sacs de pommes de terre ou de haricots et aux bouteilles d'huile. Des bancs longent les murs sur lesquels viennent s'asseoir les clients quand il pleut. Des tabourets les attendent sur le pas de la porte par beau temps. La boisson ordinaire est l'*urwagwa*, un vin de banane âpre et fort, ou l'*ikigage*, un vin de sorgho – moins « goûteux » –, dont les récipients sont alignés derrière le comptoir.

Le vin de banane se fabrique sans alambic en suivant une recette ancestrale. Elle consiste à enterrer des bananes pendant trois jours dans une fosse pour les blettir, ensuite en presser le jus, le mélanger avec de la farine de sorgho, qui active la fermentation, attendre quatre jours l'alcoolisation d'une boisson entre vin doux et marc. Il se boit impérativement dans la semaine qui suit, avant une inéluctable aigreur. Autrefois, l'*urwagwa* de Kibungo était le plus fameux de la région. Autrefois, la colline de Kibungo était, grâce aux terres limoneuses le long de la rivière, l'une des plus fertiles. C'était avant le génocide, le coteau se partageait entre un versant de maisons de Tutsis, dont les troupeaux abondaient sur les pâturages jusque dans la vallée, et un versant de maisons de Hutus, qui produisaient l'essentiel de l'alcool et des récoltes de haricots. Aujourd'hui, les terres ont perdu les deux tiers de leurs hommes, l'alcool manque souvent chez Francine, le bétail est clairsemé entre les arbustes.

Le village s'étire sur un méplat, au sommet de la colline. À l'entrée, les bâtiments en briques d'une petite église, des écoles, de la mairie, entourent de majestueux *umuniyinya*, à l'ombre desquels les gens sont appelés à s'asseoir lors des assemblées publiques ou des réunions d'informations civiques. Autour du village, d'autres *umuniyinya* sont beaucoup plus fréquentés par des cercles de dormeurs.

Sur l'esplanade, entre les habitations, une nuée de gamins footballeurs disputent l'herbage aux chèvres, pour taper dans une boule de mousse à matelas serrée de ficelles. Aucun chien ne traîne dans les jardins, tous étant morts ou ayant déguerpi en meutes depuis la guerre, et peu de poules, proies des chats sauvages. À la sortie du village, le chemin descend vers la rivière, croise des enclos à vaches, construits de troncs d'arbres reliés de lianes, aborde des hameaux hutus, dont les habitants, hormis les gamins, ne fréquentent plus le village, sauf pour vendre leur *urwagwa*.

Denise, une jeune femme hutue, âgée de dix-huit ans, vit dans une maison près de la rivière, avec sa sœur Jacqueline, deux petits frères et sœurs et son bébé. Ses parents et ses quatre grands frères ne sont jamais revenus de leur exode au Congo. Denise se montre très hospitalière et prévenante. Elle raconte son adolescence heureuse sur la colline, la chorale, les fêtes à l'école, les garçons. Elle évoque la mélancolie de son existence d'aujourd'hui, comment elle est devenue le « deuxième bureau » d'un cultivateur plus riche, père de son bébé, qui vit deux cents mètres plus bas, faute d'espérer désormais rencontrer un vrai mari. Elle envoie les enfants à l'école communale sans les accompagner au village, se rend à travers la forêt chaque semaine au marché de Nyamata vendre les poissons.

Du terre-plein de sa maison, on admire un panorama de cimes boisées et, en creux, l'étendue verdoyante des marais Nyamwiza, lieux de refuges évoqués par Jeannette et Francine. Malgré cette évidente proximité, elle prétend qu'elle n'a rien vu ni entendu pendant les massacres, qu'elle ne sait plus où se trouvait sa famille en avril 1994, n'a reçu aucune nouvelle d'exil. Elle se mure dans un silence au seul mot de génocide. Toutes ses voisines hutues réagissent de même.

Dans le prolongement de son champ de manioc, le chemin plonge et se termine sur l'Akonakamashyoza, un îlot de roseaux mythologique où se rencontrent le Nyabarongo et l'Akanyaru, sur lesquelles glissent de minces pirogues noires. C'est là, prétendent les pêcheurs, au croisement des deux affluents sacrés du Nil Blanc, que se succédaient sous le règne des rois tutsis – au lendemain de la mort de l'un d'eux – la procession du Roi-Vivant, l'héritier, en marche sous le soleil ; puis la procession de la Momie, le roi défunt, sous la lune.

En milieu d'après-midi à Kibungo, lorsque tout le monde revient des champs, les femmes s'installent dans les jardins, décortiquent les haricots et surveillent bambins et marmites. Les hommes se dirigent d'un pas ferme vers le cabaret. Chez Francine, les occasions de commander des bières sont rares parce que la bière est chère. Les hommes les plus à l'aise achètent une bouteille d'*urwagwa*, dans laquelle Francine plonge une tige de roseau. Ils boivent et font circuler la bouteille à la ronde, en même temps qu'ils font tourner les cigarettes. Les plus démunis vont boire à la gorgée, à même un bidon, derrière le comptoir, à l'aide d'une paille plus longue, sous les yeux bienveillants de Francine.

Plus tard, lorsque le jour s'assombrit, on entend le beuglement des vaches. Les bergers rentrent et se joignent aux buveurs ; parmi eux, Janvier Munyaneza, un jeune garçon. Janvier garde les vaches de son grand frère et celles d'un voisin, ce qui l'empêche de retourner à l'école. Lorsqu'il a parqué les bêtes et les a nettoyées de leurs tiques, il vient s'asseoir à son tour au comptoir. Il ne boit pas encore d'alcool et se laisse offrir avec un sourire gourmand un Fanta sucré. Il est d'une timidité bien rwandaise. Assis au sein d'un groupe d'enfants et adolescents, il regarde les adultes boire et raconter leurs histoires jusque tard dans la nuit. Ses yeux reflètent une mélancolie qui ne le quitte jamais et que confirme une voix taciturne dès ses premières paroles.

Janvier Munyaneza, 14 ans, berger
Colline de Kiganna (Kibungo)

À l'école, je n'avais jamais entendu un reproche ethnique. On tapait dans le ballon sans anicroches entre nous, quand le temps nous offrait une petite permission. Le 10 avril, après la messe, des avoisinants hutus sont venus à notre maison près de la rivière, nous commander de nous éloigner, parce qu'ils voulaient l'accaparer, sans toutefois nous tuer. Nous sommes aussitôt montés à Kibungo, habiter chez le grand-père.

Le lendemain, les militaires sont arrivés ; mon oncle a tenté de s'esquiver ; ils l'ont abattu d'un coup de fusil près de la porte. Alors, nous nous sommes enfuis en direction de l'église de N'tarama : papa, maman, mes huit frères et sœurs, grand-père et grand-mère. Les *interahamwe* ont rôdé dans le petit bois autour de l'église pendant trois ou quatre jours. Un matin, ils sont entrés en groupe, derrière des militaires et des policiers communaux. Ils se sont mis à courir et ils ont commencé à hacher les gens, dehors et dedans. Ceux qui étaient massacrés mouraient sans rien dire. On n'entendait que le brouhaha des attaques, on était presque paralysés, au milieu des machettes et des cris des assaillants. On était déjà presque morts avant le coup fatal.

Ma première sœur a demandé à un Hutu de connaissance de la tuer sans souffrance. Il a dit oui, il l'a tirée par le bras sur l'herbe et il l'a frappée d'un seul coup de massue. Mais un voisin direct, surnommé Hakizma, a crié qu'elle était enceinte. Il lui a déchiré le ventre d'un trait de couteau, pour l'ouvrir comme un sac. Voilà ce que des yeux ont vu sans se tromper.

Je me suis faufilé entre les cadavres. Malheureusement, un garçon a réussi à me toucher avec sa barre. J'ai chuté sur les cadavres, je n'ai plus bougé, j'ai fait des yeux de mort. À un moment, j'ai senti que j'étais soulevé et jeté, et d'autres personnes me sont tombées dessus. Quand j'ai entendu les chefs *interahamwe* qui sifflaient pour donner l'ordre du départ, j'étais complètement recouvert de morts.

C'est vers le soir que des Tutsis vaillants du secteur, qui s'étaient éparpillés dans la brousse, sont revenus dans l'église. Papa et mon grand frère nous ont dégagés du tas, moi et ma dernière sœur, très ensanglantée, qui est morte un peu plus tard à Cyugaro. Dans l'école, les gens mettaient des herbes de pansements sur les blessés. Au matin, ils ont pris la décision de se réfugier dans les marais. Ça s'est répété tous les jours, pendant un mois.

On descendait très tôt. Les petits se cachaient les premiers, les grands faisaient les sentinelles et dialoguaient sur ce qui nous accablait. Quand les Hutus arrivaient, ils se cachaient les derniers. Ensuite, ça tuait toute la journée. Au début, les Hutus rusaient entre les papyrus, ils disaient par exemple : « Je t'ai reconnu, tu peux sortir », et les plus innocents se levaient et ils étaient massacrés debout. Ou les Hutus se guidaient grâce aux petits cris des petits enfants, qui ne supportaient plus la boue.

Quand ils trouvaient des riches, ils les emmenaient pour qu'ils montrent où ils avaient caché leur argent. Quelquefois, les tueurs attendaient d'avoir attrapé un grand groupe pour les couper ensemble. Ou d'avoir rassemblé une famille entière pour les couper les uns devant les autres, et cela faisait une large étendue de sang dans le marigot. Ceux qui restaient vivants allaient reconnaître ceux qui avaient été malheureux, en regardant les corps dans les flaques.

Le soir, les gens se regroupaient par connaissances à Cyugaro. Les avoisinants entre eux, les jeunes entre eux… Au début, des petits groupes s'assemblaient pour prier. Même des gens qui n'avaient pas une longue habitude des prières auparavant, ça semblait les soulager de croire tout de même en un petit quelque chose invisible. Mais, par après, ils perdaient la force ou la croyance, ou ils oubliaient simplement, et plus personne ne s'occupait plus de ça.

Les vieillards aimaient se retrouver à l'écart pour discuter de ce qui arrivait. Il y avait des jeunes gens qui allaient leur porter des petites quantités suffisantes de nourriture. Mais certaines vieilles personnes n'avaient plus d'enfants pour les servir. Tous les soirs, ils ressentaient une dégradation grandissante, parce qu'ils n'avaient plus assez de forces pour creuser la terre et pour se débrouiller. Au vu de leur grand âge, ils se respectaient trop pour quémander. Alors, un soir, ils disaient : « Bon, maintenant je ne suis bon à rien, demain je ne vais pas me déplacer dans le marais. » C'est ainsi que beaucoup se sont laissés périr, assis au petit jour contre un arbre, sans lutter jusqu'à la fin de leur vieillesse.

Certains soirs, quand les malfaiteurs n'avaient pas trop tué dans la journée, on s'assemblait autour du feu de braises pour manger du cuit ; les autres soirs, on était trop découragé. Au marais, le lendemain à l'aube, on retrouvait le même sang dans la boue. Les cadavres qui se gâtaient à la même place. Les malfaiteurs préféraient tuer le plus de monde possible sans prendre la peine d'enterrer ; ils devaient penser que le temps serait tout à eux par la suite, ou qu'ils n'étaient pas chargés de cette puante corvée puisqu'ils avaient déjà travaillé. Ils pensaient aussi que ces cadavres salis dans la boue allaient nous décourager de nous dissimuler. Nous, on essayait bien d'enterrer quelques morts apparentés, mais c'était rarement possible, faute de tranquillité. Même les catégories d'animaux capables de les manger s'étaient enfuis à cause du brouhaha des tueries.

Ces cadavres nous offensaient l'esprit d'une telle façon que, même entre nous, on n'osait pas en parler. Ils nous montraient trop crûment comment se terminerait notre vie. J'essaie de dire que leur pourriture rendait notre mort plus barbare. Raison pour laquelle, le matin, notre dernière volonté était simplement d'atteindre encore une fois la fin de l'après-midi.

Quand les *inkotanyi* sont descendus aux marais, pour nous dire que les massacres étaient finis, qu'on serait vivants, on n'a pas voulu les croire. Même les plus affaiblis refusaient de sortir des papyrus. Les *inkotanyi* ont rebroussé chemin sans mot dire. Ils sont revenus avec un garçon de N'tarama. Il s'est mis à crier : « C'est la vérité. Ce sont les *inkotanyi*, c'est le FPR. Les *interahamwe* décampent en débandade. Sortez, vous ne serez plus tués. » On s'est relevés. On s'est vus debout, tous en plein après-midi, pour la première fois depuis un mois.

Au rassemblement, un militaire nous a expliqué en swahili : « Maintenant vous êtes sauvés, vous devez déposer ici les machettes et les couteaux. Vous n'en aurez plus besoin. » Un de chez nous a répondu : « Des machettes, on n'en a plus depuis le début. On a juste des maladies sur nous et on ne peut pas les déposer. Même des vêtements, on n'en a plus. » Moi, je portais juste une culotte déchirée sur moi, la même culotte depuis le premier jour.

On a laissé les plus mal portants à l'ombre, afin de les reprendre plus tard à bord de véhicules. On a été escortés jusqu'à Nyamata, on a attendu quelques jours, puis je suis retourné avec mon grand frère sur notre parcelle de

Kiganna. Puisque la maison parentale était écroulée, on s'est installés ici, à Kibungo, chez le grand-père qui avait été tué pendant tout ce temps. De toute façon, c'était un trop lourd fardeau de vivre au bord de la rivière où on avait été heureux en famille.

Papa avait vingt-quatre vaches et cinq chèvres. On a rattrapé trois vaches dans la brousse, grâce à leurs tâches de couleurs remarquables. Je vis maintenant avec mon grand frère, Vincent Yambabaliye. Je lui prépare son écuelle le matin et le soir, je garde nos vaches et trois autres appartenant à des avoisinants, dans les arbustes, pendant qu'il cultive la parcelle. Je n'aime pas descendre dans la vallée, car je crains que les vaches ne se baladent dans les troupeaux des commerçants de Nyamata. On n'a plus assez de vaches pour les rassembler autour d'un berger payant. C'est ça qui stoppe mon retour à l'enseignement, et c'est une forte peine quotidienne.

À Kibungo, je me suis ramené à la vie raisonnablement, mais le chagrin d'avoir perdu ma famille survient toujours à l'improviste. Je mène une vie trop désolée. Je crains les frémissements dans les taillis en compagnie des vaches. Je voudrais retourner sur le banc et recommencer une existence scolaire où je pourrais entrevoir un avenir.

À Kibungo, je vois bien que la vie est cassée dès le soir. Beaucoup d'hommes attendent impatiemment de boire l'*urwagwa* ou la Primus. L'*urwagwa,* c'est notre vin de banane. Ils boivent, et ils ne pensent plus à rien d'intéressant, ils disent des étourderies, ou ils se taisent complètement. Comme s'ils voulaient seulement boire à la place de ceux qui ont été tués et qui ne peuvent plus boire leur part avec eux, et que, surtout, personne ne veut oublier.

Le génocide à Kibungo, on n'en oubliera pas une bribe de vérité, parce qu'on partage nos souvenirs. Le soir on parle souvent de ça, on se répète des détails et on cherche des précisions. Certains jours, on évoque les moments les plus terribles, des *interahamwe* menaçants ; certains jours, on évoque les moments plus calmes, quand ils avaient pris congé de notre côté du marais. On se lance quelques moqueries humoristiques et aussitôt après on reprend les scènes les plus pénibles.

Toutefois, à cause du temps, je sens bien que ma mémoire trie mes souvenirs comme elle veut, sans que je puisse contrebalancer ; pareil pour les collègues. Certains épisodes sont très racontés, alors ils grossissent grâce à tous les ajouts des uns et des autres. Ils se maintiennent transparents si je puis dire, comme s'ils s'étaient déroulés hier ou à peine l'année dernière. D'autres épisodes sont délaissés et ils s'obscurcissent comme dans un songe. Je dirais que certains souvenirs sont perfectionnés, et d'autres sont négligés. Mais je sais que nous nous rappelons mieux maintenant qu'auparavant ce qui nous est arrivé à nous-mêmes. Nous ne sommes plus intéressés à inventer, ou à exagérer ou à cacher comme à la libération, parce que nous ne sommes plus embrouillés par la peur des machettes. Nombre de personnes sont moins effrayées ou moins gênées de ce qu'elles ont vécu. Parfois on se raconte de trop, et je prends peur lorsque je m'allonge dans mon lit.

Quand je passe devant l'église de N'tarama, je détourne les yeux le long des grillages, j'évite la cabane du Mémorial. Je ne veux pas regarder les rangées de crânes sans noms qui sont peut-être ceux de ma famille. Quelquefois, je descends au bord du marais, je m'assieds sur une touffe d'herbage et j'observe les papyrus. Alors, je revois les *interahamwe* qui coupaient avec les machettes ce qu'ils trouvaient dans la journée. Ça éveille en moi une tristesse et une menace, mais pas de haine.

Pour ressentir de la haine, il faut pouvoir la pointer sur des visages et des noms en particulier ; par exemple ceux qu'on a reconnus quand ils tuaient, il faut les maudire en personne. Mais dans les marais, les tueurs travaillaient en colonnes, on ne distinguait presque jamais leurs traits sous nos feuillages. Moi, en tout cas, je n'arrive plus à imaginer des visages reconnaissables. Même celui de l'assassin de ma sœur, je l'ai oublié. Je crois que la haine se gâche face à une foule d'inconnus, c'est le contraire pour la peur. En quelque sorte, c'est ce que je ressens.

Si j'essaie de trouver une réponse à ces hécatombes, si j'essaie de savoir pourquoi nous devions être coupés, mon esprit s'en trouve malmené ; et j'hésite sur tout ce qui m'entoure. Je ne saisirai jamais la pensée des cohabitants hutus. Même celle des cohabitants qui ne cognaient pas directement mais qui ne disaient rien. Ces gens voulaient accélérer notre mort pour accaparer le tout. Je ne vois que la gourmandise et la force comme racines de ce mal.

Je ne comprends pas pourquoi nous sommes une ethnie maudite. Si je n'étais pas bloqué face à un obstacle de pauvreté, je voyagerais loin d'ici. Dans un pays où j'irais à l'école toute la semaine, où je jouerais au foot dans un pré cultivé et où plus personne ne voudrait me soupçonner et me tuer.

Des cornes en forme de lyre

Dans le Bugesera, il est impensable de photographier une vache sans de sérieuses palabres avec son propriétaire et sans un cadeau à son berger. Les vaches sont pourtant omniprésentes, dans les taillis, dans les forêts, sur les aires de jeu et les pelouses d'écoles, entre les jardins et les potagers, en pleine rue. Mais, au Rwanda, elle est beaucoup plus que du bétail. « La vache est le don suprême », dit l'un des innombrables dictons.

Une vache est une offrande sentimentale, un geste d'amitié ; ou un prêt, une récompense, un pot-de-vin, une dot, un investissement de plusieurs familles pour le lait de leurs enfants. Deux vaches forment un troupeau. Au-delà, on ne prononce plus de chiffres à haute voix, parce que ça porte malheur. Souvent les éleveurs regroupent cinq, vingt, trente bêtes, derrière un seul berger déguenillé, pour les protéger des regards envieux.

La vache rwandaise est de race ankolé, nom d'une région d'Ouganda où elle a fait une longue escale. Elle serait descendue du Haut-Tibet, aurait traversé la Perse, l'Abyssinie, d'où elle se serait dispersée vers la région des Grands Lacs, puis le Sénégal et l'Afrique du Sud. Des historiens européens datent leur entrée au Rwanda de la fin du XIIe siècle. Les tribus des nomades Hamites, ancêtres des Tutsis,

auraient poussé de gigantesques troupeaux dans les vallonnements et se seraient installées sur les sommets, d'où ils
auraient dominé les Hutus, dans leurs champs en contrebas, et les pygmées Twa dans leurs forêts. Cette thèse était
reprise par les théoriciens du génocide pour tenter de légiti-
mer l'élimination des Tutsis et la décimation des troupeaux.
Mais, outre sa déviation idéologique, elle est contestée par
de plus en plus d'historiens africains et européens. Des
fresques rupestres, sur de nombreux sites préhistoriques de
la région des Grands Lacs (contemporaines des fresques
mésopotamiennes), attestent en effet de la préexistence des
vaches et de leurs éleveurs sur les grandes migrations ban-
toues et soudanaises du début de l'ère chrétienne.

L'ankolé est de taille moyenne, fine et musclée. Une
légère bosse cervicale l'apparente au zébu. Son pelage est le
plus souvent fauve uni, ou *tache-tache* gris, noir ou brun et
blanc. Elle se distingue par de splendides cornes en forme de
lyre, puissantes et effilées. Depuis des siècles d'ailleurs,
l'unique critère de sélection et de croisement est la beauté
des cornes de l'animal. Au grand dam des vétérinaires, qui
tentent sans succès de prôner des croisements avec des spéci-
mens européens et des méthodes d'alimentation énergétique.

Mi-domestique, mi-sauvage, l'ankolé n'est ni une bonne
laitière ni une bête à viande. On mange d'ailleurs rarement
de la vache dans le Bugesera, et quand l'occasion se présente on la regrette, tant les morceaux sont coriaces et ten-
dineux, à l'inverse des délicieuses brochettes de chèvre,
grillant aux coins de rues. Les éleveurs rwandais rechignent
à tuer ou à abâtardir leurs bêtes. « Une seule vache vous
donne autant d'obligations qu'un troupeau, et plus qu'une
fille », dit un autre dicton. Les éleveurs aiment les montrer,
les donner et surtout les multiplier.

Agriculteurs dans l'âme, les Hutus considèrent l'élevage comme un luxe indu dans un pays de pentes arides et surpeuplées. Ils dédaignent d'autant plus le bétail qu'il symbolisait, avant la république, l'attribut de pouvoir des rois tutsis, qui n'hésitaient pas, lors de festivités, à faire parader des journées entières d'immenses troupeaux de bovins aux cornes embellies de graisse, comme d'autres font défiler des armées.

C'est pourquoi, dès les premiers jours du génocide dans le Bugesera, les *interahamwe* abattirent les vaches de leurs victimes. Pour les manger et les supprimer. De nombreux Hutus révèlent aujourd'hui des scènes où les assassins égorgeaient les bêtes devant les yeux des propriétaires tutsis, afin de les humilier, avant de les tuer à leur tour. Des témoignages sont aussi émaillés de grillades gargantuesques les soirs de massacres de grande ampleur. Dans le Bugesera, et sur le territoire rwandais, le cheptel a été détruit aux deux tiers pendant les tueries, mais il a été renouvelé depuis. Cette énergie des rescapés pour retrouver les vaches égarées, en ramener du Burundi et d'Ouganda, les faire vêler, les disperser sur les hauteurs désertées, les offrir à des amis trop esseulés après l'extermination de leurs familles, illustre la vitalité d'une tradition.

Beaucoup d'ethnologues, coopérants, journalistes, bien intentionnés, amoindrissent les signes distinctifs entre les ethnies hutues et tutsies. Mais les campagnards n'aiment rien tant que de ressembler à l'image caricaturale que les étrangers ont d'eux. Il en est ainsi du gaucho argentin, du mareyeur provençal ou de la vahiné tahitienne ; l'éleveur tutsi n'échappe pas à la règle. Vous ne verrez jamais un agriculteur hutu marcher, un long bâton à la main, un chapeau de feutre sur la tête ; vous apercevrez souvent son collègue tutsi avec ces accessoires d'éleveur, et, le soir ou le week-end, vous ne serez pas surpris de voir entrer, au café, tel directeur d'école ou chef de bureau, tel commerçant ou médecin, muni de son bâton, coiffé de son chapeau, signes qu'il possède une vache dans un troupeau.

Jean-Baptiste Munyankore, un monsieur très digne d'une soixantaine d'années, enseignant à l'école de Cyugaro depuis vingt-sept ans, est attaché à cette coutume. Il porte une chemisette blanche dans la salle de classe, qu'il fait visiter en circulant entre les pupitres de bois impeccablement lisses, les caressant de la main avec la fierté d'un viticulteur entre ses chais. Il passe une veste et une cravate avant une réunion pédagogique, mais il se munit de son long bâton d'éleveur pour se rendre au cabaret ou descendre le samedi en ville. Jean-Baptiste inspire le respect d'un ancien, puisqu'il faisait partie de la première vague de pionniers, qui fuyaient les massacres, à la fin du règne des rois tutsis.

Jean-Baptiste Munyankore, 60 ans, enseignant
Colline de Cyugaro (N'tarama)

J'étais jeune homme lorsque nous nous sommes exilés pour le Bugesera. C'était en 1959, le *mwami* Mutara III venait de lâcher son souffle ultime, les Hutus avaient remporté tous les commandements à l'issue des premières élections populaires du Rwanda. J'avais terminé mes études à la fameuse École des moniteurs de Zaza. J'avais métier d'enseignant dans la région volcanique des Birunga, mais, aussitôt installé dans ma salle de classe, j'en avais été poussé dehors et j'entendais de plus en plus de paroles inquiétantes dans mon dos.

En décembre de cette vilaine année, les extrémistes bahutus peignaient d'un trait les portes des domiciles des Batutsis en plein jour, et ils revenaient les enflammer pendant la nuit. En considération, nous nous étions réfugiés en compagnie de voisins aux missions catholiques, où personne à l'époque ne se risquait à nous bousculer. Jour après jour, nous commencions à devenir trop nombreux et à nous bousculer de l'épaule. Les Belges tentaient bien de nous secourir, mais ils craignaient avant tout la malpropreté. Un matin, un administrateur belge est donc venu ; il nous a demandé d'inscrire sur une liste le pays dans lequel nous voulions partir en exil. Moi, je ne connaissais rien de bon de l'étranger, je n'avais de famille ni au Burundi ni en Tanzanie, j'ai donc écrit le nom du Rwanda, mon pays. Nous avons été un large groupe à faire une réponse identique. L'administrateur en a conclu : « Bon, vous irez dans le Bugesera, puisque c'est inhabité. »

La région du Bugesera, on ne la connaissait que de nom. Ils ont amené des camions militaires dans la cour de la mis-

sion. Je suis monté dans un *rubaho*, un camion à benne de bois, avec mon épouse, mon petit frère et ma grand-maman. Nous avions droit aux vêtements portés sur les épaules et à rien d'autre ; ni ustensiles, ni couvertures, ni livres. C'est ainsi que nous avons voyagé une nuit, sans halte, et sans savoir ce qui nous attendait. Je n'ai pas jeté un regard en arrière sur la route et je n'ai jamais plus remis le moindre pied dans la préfecture de mon enfance. Nous avons franchi le pont du fleuve Nyabarongo au petit matin. À l'époque, ce n'était que deux troncs d'arbres que l'on tirait pour un passage. De l'autre côté nous attendaient d'autres camions.

Nous avons ouvert les yeux sur un pays couvert de savanes et de marécages, nous arrivions dans le Bugesera. J'ai pensé : « Ils nous entassent là pour nous abandonner vivants dans les bras de la mort. » Sans exagération, les mouches tsé-tsé brouillaient la clarté du ciel. Je crois encore que les autorités présumaient que cette terrible tsé-tsé viendrait à bout de nous. On ne voyait d'être vivant nulle part sur la piste, puis sont apparues les premières huttes de paille. Nyamata n'avait de gîtes de planches que l'office des missions, le tribunal de secteur, le logement de l'administrateur, et un camp militaire dans la forêt de Gako.

Au bout d'une semaine, nous autres enseignants sommes partis en un petit groupe de reconnaissance. Tout à coup, dans la traversée de savanes géantes, nous nous sommes retrouvés face à une troupe d'éléphants. Nous avons fait demi-tour à grandes enjambées, car jusqu'à cette date nous n'avions frayé qu'avec les poules et les chèvres.

Par la suite, nous avons heureusement appris la nouvelle que, de loin en loin, des éleveurs batutsis et des cultivateurs bahutus voisinaient tout à fait comme il faut, sur des

collines reculées, du côté du Burundi. Nous avons bivoua-
qué pendant un an dans un cantonnement, à l'abri de
cabanes manufacturées en carton et tôle. En effet, nous
réchauffions un frêle espoir que la situation se calmerait, et
que nous pourrions revenir sur nos terres natales. Hélas, les
réfugiés Batutsis et les mauvaises nouvelles arrivaient de plus
en plus nombreux en provenance des différentes préfectures.

Comme on survivait malgré la pauvreté, en l'an 1961,
pour fêter le premier anniversaire de la République, l'administration locale nous autorisa à nous disperser et à prendre
des parcelles dans la brousse. On s'inscrivait donc sur un
répertoire de bénéficiaires, et quand son numéro tapait la
première ligne, on allait délimiter deux hectares de son
choix, que l'on pouvait défricher pour soi.

La vie était très difficile. Il fallait arracher les arbustes
dans la poussière, creuser une épaisse croûte de terre avec des
outils de bois, planter le sorgho et les bananiers, monter
des cases de boue et de palmes. Nous devions nous défendre
contre les animaux sauvages à l'aide de lances et d'arcs, et
parfois de bâtons. Près de la parcelle, mes yeux ont vu le
lion, le léopard, la hyène tachetée et le buffle. Il n'y avait pas
de source d'eau, et nos estomacs n'avaient pas coutume de
boire l'eau dormante des marais. Donc, beaucoup d'entre
nous mouraient de la typhoïde, de la dysenterie, de la malaria. Il fallait se racornir les mains sur le manche, travailler
sans relâche sous le soleil et la pluie, et mettre au monde
toujours plus d'enfants pour survivre. Puis, on a commencé
à se défendre un peu sur le marché. On vendait de maigres
récoltes à destination des commerces de Kigali ; avec les
petites économies, on a pu acheter de petits lots de caprins.
Les Batutsis d'origine ont commencé à nous offrir des
vaches, par bon cœur ou pour épouser nos plus jolies filles.

De tout temps, on s'était regroupé par connaissances. La colline de N'tarama était habitée des nouveaux venus de Ruhengeri, sur le versant opposé étaient ceux de Byumba, en bas ceux de Gitarama. Sur les collines, on s'assemblait par grandes familles, c'est-à-dire, reprenant votre vocabulaire, par tribus. De par les années, lorsque plus tard des arrivages de Bahutus se sont accélérés, eux ont fait de même sur d'autres collines ; et nous ne nous sommes pas beaucoup mêlés à cause des distances. Les Bahutus se sont surtout amenés à la suite des directives du ministère de l'Agriculture, lorsque des fonctionnaires de haut rang ont constaté que la brousse du Bugesera s'humanisait et se cultivait. C'est en 1973 que les Bahutus sont devenus aussi nombreux que les Batutsis. Ces Bahutus étaient forts, très travailleurs, certains s'installaient avec des économies ; on s'est vite entendus parce qu'on avait besoin de leur argent ou de leurs bras.

Entre cultivateurs, on ne se partageait guère la bière, mais on se parlait convenablement sans réticence. On provenait de la même culture : le haricot, le manioc, la banane, l'igname, à l'aide de houes et de machettes. Les Bahutus étaient de meilleurs planteurs. Les Batutsis, eux, élevaient des vaches ; au contraire des Bahutus, qui s'en sont toujours impatientés.

Comme il n'y avait pas d'écoles en grand nombre autorisées aux Batutsis, à cause des quotas d'admissions par communes, nous, les enseignants, nous faisions asseoir les élèves en rond à l'ombre de grands arbres feuillus et nous improvisions la classe en pleine poussière. Dans le Bugesera, les autorités et l'administration étaient bahutues ; les militaires, les bourgmestres, les comptables et les directeurs étaient aussi bahutus. Donc, dès qu'un Batutsi attrapait de l'instruction, il devenait enseignant et faisait l'école aux enfants batutsis.

C'est ainsi que nous, les enseignants, devenions très mal regardés par les autorités, qui se montraient jalouses. Elles n'osaient pas nous faire taire directement, mais, dès qu'il y avait des tueries, les enseignants étaient inscrits en première place sur le répertoire, sous prétexte qu'ils fréquentaient les *inkotanyi*. Les *inkotanyi* étaient les rebelles batutsis des maquis du Burundi qui lançaient des assauts sur le Rwanda. Dès qu'il y avait des attaques des *inkotanyi* contre les Bahutus, les militaires allaient tuer des Batutsis en guise de punition.

Ça se passait ainsi. Ils tuaient, dans l'ordre, les familles dont les hommes s'étaient engagés au Burundi ; ensuite les enseignants, pour les motifs que j'ai expliqués ; enfin les cultivateurs aisés, pour distribuer leurs parcelles et leurs grains aux derniers arrivants bahutus. Une année c'était brûlant, une année c'était très calme. Par exemple, 1963 a été une année de milliers d'assassinés, en réponse naturelle aux multiples expéditions des rebelles. 1964 a été une année paisible, 1967 a été désastreuse du point de vue des morts ; cette année-là, les militaires ont balancé vivants des centaines de Tutsis dans l'Urwabaynanga, une mare de vase du côté du Burundi, où l'on peut bien pêcher les preuves. En 1973, ils allaient jusqu'à tuer les élèves dans les classes… Les massacres étaient imprévisibles. C'est pourquoi, même quand la situation semblait tranquille, nos deux yeux ne dormaient jamais ensemble.

Cependant, nous les Batutsis, on avait chassé les animaux sauvages, on avait vaincu la tsé-tsé, et on avait appris à nous soumettre aux autorités. Malgré nos démêlés, les villages se multipliaient, les Batutsis se maintenaient aussi nombreux que les Bahutus et ils possédaient de plus en plus de vaches. Certains Batutsis devenaient un peu riches, des Bahutus se mettaient à travailler pour eux. Nyamata grandissait vite, les boutiques étaient mélangées, mais les plus achalandées étaient batutsies. Des cabarets apparaissaient, aussitôt fréquentés. La vie était difficile mais ne semblait pas trop mauvaise.

Il y avait beaucoup d'excellentes personnes chez les Bahutus. Je me souviens, un jour, j'étais déjà lié à l'arbre face à un rang de fusils militaires, parce que je portais le nom de tribu d'un chef maquisard. Il n'y avait plus qu'à mourir, mais je persistais à clamer mon innocence. Un capitaine, en inspection, m'a remarqué par hasard à la porte de la mort et s'est écrié aux soldats : « Je connais la voix de cet homme. Il se prénomme Jean-Baptiste, de Cyugaro, c'est un bon enseignant, il n'a rien à voir avec les commandos de rebelles », et il a fait couper les cordes. Cependant, beaucoup de Bahutus se méfiaient de plus en plus des Batutsis, à cause des *inkotanyi*. Et parce que, des parcelles valables, il y en avait de moins en moins à cultiver.

La discorde s'est envenimée après l'autorisation du multipartisme en 1991. Avec les meetings, discuter en public devenait trop périlleux. L'échange s'échaudait rapidement, on risquait chaque fois des blessures. Des *interahamwe* venaient parader le long des routes et des chemins, ils se pavanaient dans les cabarets. Les radios traitaient les Batutsis de cancrelats, les politiciens bahutus prédisaient la mort des Batutsis dans les réunions. Ils craignaient terriblement les *inkotanyi* et une invasion militaire étrangère. Je pense qu'ils ont commencé dès cette époque à réfléchir au génocide.

En 1992, on a dénombré quatre cents cadavres de Batutsis dans les forêts, sans aucune réprimande du préfet. Quand la guerre a commencé, deux ans plus tard, nous étions déjà accoutumés aux tueries. Moi, je pressentais une tragédie habituelle, rien de plus. Je pensais : « C'est trop chaud pour prendre la grande route, mais si on ne descend pas de la colline, ça peut s'arranger. » Après le massacre dans l'église, j'ai compris que cela devenait vraiment trop grave. Ce jour-là, moi aussi j'ai pris la file des fuyards vers les marais Nyamwiza et je me suis accroupi dans la vase.

Aux premiers temps, on espérait de l'aide dans la profondeur des papyrus. Mais Dieu lui-même montrait qu'il nous avait oubliés, donc à plus forte raison les Blancs. Par la suite, chaque jour on espérait seulement atteindre l'aube du lendemain. À travers les marécages, j'ai vu des dames ramper dans la boue sans une lamentation. J'ai vu un nourrisson dormir oublié sur sa maman qui avait été coupée. J'ai entendu des gens, sans plus aucune force dans les muscles pour marcher, expliquer qu'ils voulaient manger du maïs une dernière fois. Parce qu'ils savaient bien qu'ils allaient être coupés le lendemain. J'ai vu la peau des gens plisser sur leurs os, semaine après semaine. J'ai entendu de tendres chantonnements pour adoucir des gémissements de mort.

Dans le bois, j'ai croisé la nouvelle de la mort des deux enfants de mon frère, qui avaient réussi le concours national de l'université. Dans le marais, j'ai appris la mort de mon épouse, Domine Kabanyana, et de mon fils, Jean-Sauveur. Mon deuxième fils est mort derrière moi tandis que nous courions dans le marais. On s'était fait piéger par une attaque surprise, on tentait d'échapper quand même aux poursuivants. Sa course a trébuché sur une touffe d'épiniers, il a crié un mot, j'ai entendu les premiers coups, j'étais déjà loin. Il était en quatrième année du cycle primaire.

Il faut comprendre que nous autres, fuyards, si le soir au bivouac on vivait le « tous pour tous », dans la fuite des marais on était obligés de retrouver le « chacun pour soi ». Sauf, bien sûr, les mamans portant leurs petits enfants.

Le soir, on se regroupait à quatre familles dans ma maison de Cyugaro. On n'étendait plus les nattes et les matelas à terre puisque les *interahamwe* les avaient volés. On s'échangeait un peu de conversation, surtout des détails sur la journée ou des paroles de réconfort. On ne se disputait pas. On ne taquinait personne ; on ne se moquait pas des femmes qui avaient été violées, parce que toutes les femmes s'attendaient à être violées. On fuyait la même mort, on subissait le même sort. Même les ennemis d'hier ne trouvaient plus prétexte à se quereller, parce que de toute façon ça ne servait plus à rien.

On parlait un peu, en ces temps-là, du pourquoi de la maudite situation, et on butait sur les même répliques. Le Bugesera, autrefois désertique, était devenu bondé. Les autorités avaient peur d'être chassées par le FPR des « Ougandais », les Bahutus lorgnaient nos parcelles… Mais ces remarques n'expliquaient pas l'extermination, et pas davantage aujourd'hui.

Moi, je pointe une anomalie historique. Les livres d'histoire de la colonisation belge nous apprenaient que les pygmées Batwa habitaient les premiers le Rwanda, avec des arcs ; puis se sont installés les Bahutus, avec des houes ; puis sont arrivés les Batutsis avec des vaches, qui ont accaparé trop de terres à cause de ces immenses troupeaux. Mais, ici, dans notre région du Bugesera, les arrivages se sont succédé précisément dans le sens inverse, puisque les Batutsis sont venus les premiers, défricher en pionniers, sans rien dans les mains. Et cependant, le génocide dans le Bugesera a été aussi efficace qu'ailleurs. Donc, je réfute les explications historiques. Je pense que l'histoire dictée par les colons programmait le joug des Bahutus sur les Batutsis ; programme qui, par malchance si je puis dire, s'est transformé en génocide.

Aujourd'hui, je souffre de pauvreté de multiples façons. Mon épouse est morte, j'ai perdu ma famille, sauf deux enfants. J'avais six vaches, dix chèvres, une trentaine de poules, et mon enclos est vide. Mon voisin direct est mort, celui qui m'avait offert ma première vache est mort. Sur les neufs enseignants de l'école, six ont été tués, deux sont en prison. Après de si longues années, il est contraignant de devenir un véritable ami des nouveaux collègues, quand on a perdu les gens à qui on était habitué. Je me suis remarié avec une petite sœur de mon épouse ; mais je mène une vie qui ne m'est plus intéressante. La nuit, je traverse une existence trop peuplée de gens de ma famille, qui se parlent entre personnes tuées et qui m'ignorent et ne me regardent même plus. Le jour, je souffre d'un autre mal de solitude.

Ce qui s'est passé à Nyamata, dans les églises, dans les marais et les collines, ce sont des agissements surnaturels de gens bien naturels. Voilà pourquoi je dis cela. Le directeur de l'école et l'inspecteur scolaire de mon secteur ont participé aux tueries à coups de gourdins cloutés. Deux collègues professeurs, avec qui on s'échangeait des bières et des appréciations sur les élèves auparavant, ont mis la main à la pâte, si je puis dire. Un prêtre, le bourgmestre, le sous-préfet, un docteur, ont tué de leurs mains.

Ces intellectuels n'avaient pas vécu au temps des rois Batutsis. Ils n'étaient volés ou brimés de rien, ils n'étaient les obligés de personne. Ils portaient des pantalons de cotonnade plissés, ils se reposaient comme il faut, ils se transportaient en véhicule ou à vélomoteur. Leurs épouses portaient des bijoux et connaissaient les habitudes citadines, leurs enfants fréquentaient des écoles blanches.

Ces gens bien lettrés étaient calmes, et ils ont retroussé leurs manches pour tenir fermement une machette. Alors, pour celui qui, comme moi, a enseigné les Humanités sa vie durant, ces criminels-là sont un terrible mystère.

Au Coin des Veuves

L'école de Cyugaro, reconstruite en briques, accueille aujourd'hui vingt-cinq classes primaires où des élèves hutus et tutsis partagent les mêmes bancs. Dans le village, la plupart des maisons de terre se lézardent ou s'effondrent, les friches envahissent les jardins. Cinq kilomètres séparent l'école des marais. L'unique chemin traverse des champs de manioc, passe devant les murailles de deux villas incendiées. Des *iwuwa*, arbres à fleurs jaunes, et des *umuko*, arbres à fleurs rouges, embellissent la savane, que parcourent des bandes d'enfants en quête de choux sauvages. Puis le sentier s'enfonce dans un bois d'eucalyptus, lumineux grâce à la hauteur des arbres.

À l'autre lisière du bois, réapparaît l'immensité verdâtre. On dévale une pente raide et, derrière une frange de bananiers sauvages, on aborde les marais. La première impression est celle d'un inextricable enchevêtrement de papyrus et de roseaux pourris d'eau. Il est pourtant possible de s'y introduire en soulevant des masses de tiges à bout de bras. Le sol, spongieux en saison sèche, boueux en saison de pluie, sent la vase putride. On s'enfonce jusqu'au mollet à chaque pas. Un vrombrissement de mouches, moustiques, libellules sert de fond sonore aux rires mélodieux des ibis, et aux cris suraigus des macaques et des talapoins noirs, dont on devine les voltiges. À l'arrêt, si l'on se montre patient, on entend aussi le grognement des cochons sauvages, invisibles, ou le froufroutement contre les hautes herbes des graciles sitatungas, les antilopes des marais.

À la sortie du marécage, nous croisons un garçon d'une quinzaine d'années, le dos chargé de tourbe de brûlage. Tous les après-midi, il s'enfonce pendant des heures dans le marais chasser les volailles d'eau ou ramasser la tourbe. Il nous invite dans sa maison de pisé, entourée d'une clôture de palmes, qui, sur une butte, domine l'étendue de papyrus. Il s'appelle Jean-Claude Khadafi. Il nous offre de l'*urwagwa* dans des bols en bois, s'en va surveiller sa fosse à bananes, s'assied au bord, raconte le génocide. À l'époque, sa maison abritait les fugitifs trop âgés qui n'avaient plus l'énergie de monter la côte jusqu'à l'école de Cyugaro, qui parfois renonçaient à se cacher dans la vase et passaient une dernière journée sous un toit, en attendant les tueurs qui ne manqueraient pas de venir les achever. Beaucoup de gens peuplent ainsi les souvenirs de Jean-Claude.

Aujourd'hui, il vit avec son père, l'autre survivant de la famille, parti à l'aube en vadrouille dans la forêt, d'où il reviendra le soir, sans un mot, comme tous les jours. Jean-Claude préfère l'isolement de sa maison, entre les eucalyptus et les papyrus, à un hébergement dans un pavillon neuf de la cité Nelson-Mandela, au bord de la piste, près des écoles et des copains. Il explique qu'il ne se passe pas un jour sans qu'il se rende aux marais, que ni la canicule ni les crises de malaria ne pourraient l'empêcher d'y aller. Il semble d'ailleurs ne jamais abandonner longtemps du regard la verdure plane qui bruisse étrangement.

De chez lui, un sentier de brousse rejoint l'embranchement de Kanzenze. Le village était autrefois envahi par un marché animé. Il est aujourd'hui une simple halte de minibus. Un peu en retrait de la piste, se trouve le cabaret de Marie Muka-rulinda, un ancien rendez-vous des négociations d'affaires. La salle est peinte d'un vert africain, écaillé et pâli, comme toutes les salles publiques. Les banquettes sont défraîchies, des caisses de Primus et de Fanta s'étagent contre le mur.

Marie se distingue par sa longiligne silhouette. Le matin, elle travaille aux champs. L'après-midi, elle tente de sauve-garder le cabaret de son défunt mari, grâce à une gestion d'une simplicité absolue puisque la monnaie, perçue de temps à autre d'un client en paiement d'une bière, sert sur-le-champ à offrir une bouteille à un familier en manque. Dehors, l'arrière-cour est le domaine enfumé de Pétronille, une grande dame, veuve elle aussi, complice inséparable de Marie, qui mitonne sur son brasero les plus délicieuses brochettes de chèvre du Bugesera.

Le cabaret de Marie s'appelle Au Coin des Veuves, car de nombreuses femmes des environs, pour la plupart veuves depuis le génocide, aiment s'y retrouver et partager une ou plusieurs bouteilles de Primus, histoire de papoter sans fin, de rigoler de tout et de rien, et surtout d'elles-mêmes. Aujourd'hui, par exemple, un vétérinaire est venu de Kigali afin de surveiller l'insémination artificielle d'un élevage de chèvres. Convié au cabaret après la visite, il est pris à partie par les copines de Marie qui exigent qu'il revienne s'occu-per d'elles. Il se fige, médusé… jusqu'à ce qu'un fou rire collectif le rassure et qu'il se sente redevable, pour prix de son trouble, d'une tournée générale.

Dans un coin de la véranda, à l'écart sur son tabouret, on remarque la silhouette rigide et maigre d'un homme au visage impeccablement rasé, la moustache grise peignée, bien mis dans un costume croisé noir élimé et plusieurs fois rapiécé. C'est monsieur Gaspard. Il est le patriarche du quartier, dont la distinction n'a d'égale que la concision de quatre-vingts années de souvenirs. Unique survivant d'une famille de douze membres, Gaspard subit sa solitude dans la dignité. Sans l'esquisse d'une plainte, il admet attendre désormais la fin de sa vie, en compagnie de la misère et de la mélancolie, entre la chaise de sa masure d'à côté et un tabouret du cabaret de Marie, face à une bouteille de bière que des voisins déposent subrepticement, et dont il se délecte très lentement. En guise d'au revoir, il cite ce proverbe rwandais en langue kinyarwanda : « *Amarira y'umugabo atemba ajya mu unda* », qui signifie : « Les pleurs d'un homme coulent dans son ventre. »

Quelques kilomètres plus loin, en direction de Nyamata, dans une clairière, trois maisons en torchis bordent la piste. Angélique Mukamanzi a été installée dans l'une d'elles, propriété d'un paysan hutu exilé, en attendant la fin des réparations de sa maison sur la parcelle familiale. Angélique est une fille qui met un point d'honneur à ne jamais porter de pagnes ou de robes, mais des pantalons noirs, des vestes de jean « country » et des chemisiers « à l'européenne » en toutes circonstances. De retour des champs ou du marché, elle se dépêche de se vernir les ongles des mains, chausse des spartiates ou des escarpins, le temps de passer une fin de journée, adossée contre le mur de la maison au milieu de ses voisins, comme si elle attendait un rendez-vous galant. Récemment, elle avait rencontré un amoureux, beau, attentionné et drôle, agronome de son état. Mais, raconte-t-elle non sans un sourire ironique, elle s'était sentie obligée de rompre, s'apercevant qu'il était hutu.

Pendant le génocide, elle avait hérité, au fil des jours dans les marais, d'une petite troupe d'orphelins, dont elle est devenue la grande sœur ou la mère adoptive, en tout cas la chef de famille, bon gré mal gré.

Angélique Mukamanzi, 25 ans, cultivatrice
Colline de Rwankeli (Musenyi)

Avec ma sœur Laetitia, je m'occupe aujourd'hui de huit petits enfants non accompagnés. Ça s'est présenté naturellement. Dans les marais, quand les parents partaient vers la mort sans emmener leurs enfants, ceux qui n'en avaient pas, comme nous, se proposaient de les remplacer à la va-vite. Par la suite, le temps nous les a confiés pour toujours.

Avant la guerre, j'étudiais très fort, parce que je voulais passer l'examen national à Kigali et accrocher un beau métier. Les garçons me regardaient très bien, la vie semblait profitable. À l'école, j'avais des amis mélangés, tutsis et hutus. Ces derniers ne médisaient jamais. J'ai ressenti les premières peurs quand les gens ont commencé à quitter le Bugesera après les échauffourées de 1992. Sur le chemin d'alors résonnaient de plus en plus de mauvaises paroles. C'est aussi pourquoi je souhaitais m'orienter vers la capitale.

Trois jours après la chute de l'avion, nous avons déménagé en petite société dans l'église de N'tarama : ma famille et nos avoisinants, avec des ballots de commodités. Pendant la journée, les courageux s'aventuraient dans les champs alentour, pour en rapporter des aliments. La nuit, on dormait dedans ou dehors, selon qu'on était faible ou fort. Quand les *interahamwe* ont fait cercle autour des barrières, des hommes ont commencé à tirer des cailloux pour retarder leur avancée. Les femmes amassaient les cailloux, parce qu'elles ne voulaient pas mourir n'importe comment. Mais la riposte manquait de vigueur. Des grenades ont explosé sur la porte de devant. Moi, j'étais positionnée derrière, j'ai dégringolé la pente, j'ai couru à en oublier de respirer pen-

dant une heure, pour me plonger dans les *urunfunzo* du marais, que je connaissais de renommée. Les *urunfunzo* sont les arbres papyrus. À ce moment, j'ignorais bien sûr que j'allais passer mes journées dans la boue, des pieds à la tête, un mois durant, sous la houlette des moustiques.

Les tueurs travaillaient dans les marais de 9 heures à 16 heures, 16 h 30, au vu du soleil. Parfois, s'il pleuvait de trop, ils venaient plus tard dans la matinée. Ils arrivaient en colonnes, ils s'annonçaient par des chansons et des sifflets. Ils frappaient dans des tambours, ils semblaient très gais d'aller tuer pour toute la journée. Un matin, ils empruntaient un sentier, le lendemain un autre sentier. Quand on entendait les premiers sifflets, on s'enfonçait dans la direction opposée. Un matin, ils trichaient, ils venaient de tous les côtés pour tendre des pièges et des embuscades ; et ce jour-là, c'était très décourageant parce qu'on savait qu'il y aurait le soir plus de tués que d'ordinaire.

L'après-midi, ils ne chantaient plus, parce qu'ils étaient fatigués, et ils retournaient en bavardant dans leurs foyers. Ils se fortifiaient de boissons et mangeaient les vaches, parce qu'ils les abattaient en même temps que les Tutsis. C'était vraiment des tueries très calmes et bien accommodées. Si les libérateurs du FPR avaient duré en route une semaine de plus, pas un Tutsi du Bugesera ne serait plus vivant, pour contrecarrer les mensonges, par exemple sur la prétendue ivrognerie des criminels.

Le soir, après la tuerie, nous nous éparpillions dans la nuit pour creuser les champs et collecter du manioc et des haricots. C'était aussi la saison des bananes. On a mangé cru pendant un mois, à pleines mains terreuses, comme des vauriens. C'était le même sort pour les adultes et les petits enfants, qui n'avaient plus l'opportunité de boire le lait maternel ou des substances enrichissantes. Alors, beaucoup de gens, quand ils n'étaient pas frappés par les machettes, ils étaient rattrapés par des faiblesses mortelles. Le matin, on se levait et on les retrouvait, à côté de nous, raidis dans leur sommeil. Sans une parole d'adieu, sans un dernier cadeau du temps, pour permettre de les recouvrir avec humanité.

Les nuits de pluie, on en profitait pour se frotter à l'aide de feuilles de palmes, et on se déblayait du plus épais de nos déchets et de nos saletés de boue. Puis on s'allongeait par terre. On se racontait la journée, on se demandait qui était mort ce jour-là, on s'interrogeait sur qui allait mourir le lendemain. On discutait du mauvais sort tombé sur nos têtes. On ne s'échangeait pas beaucoup de mots joyeux, mais beaucoup d'accablements.

Le matin, on ne s'offrait pas un petit moment pour se sécher au soleil levant. On repartait, tout trempé, disposer les enfants par petits groupes sous le couvert des papyrus. On leur disait de rester gentils comme des poissons dans les mares. C'est-à-dire de ne pas sortir plus que la tête et de ne pas pleurer. On leur donnait à boire l'eau des boues, même si, parfois, elles étaient un peu teintées de sang. On se recouvrait de boue à notre tour. Quelquefois, on se devinait les uns les autres à travers les feuillages alentour. On se demandait pourquoi Dieu nous délaissait ici, au milieu des serpents, qui heureusement ne mordaient personne.

Une nuit, mon cœur saigna d'une blessure qui ne pourra jamais cicatriser. En sortant de ma cachette, le soir, j'ai vu qu'ils avaient attrapé maman. Elle gisait dans la boue flottante. Elle s'appelait Marthe Nyirababji. Papa et marraine, et toute la famille, ont été tués peu après, le terrible 30 avril. Papa s'appelait Ferdinand Mudelevu. Il a été transpercé par un avoisinant hutu qui dansait et chantait au-dessus de lui. Ensuite, j'ai dû faire équipe avec d'autres rescapés de la colline. Entre les branches de papyrus, mes yeux ont rencontré les yeux des *interahamwe* qui tuaient à proximité. J'ai vu beaucoup de gens coupés à côté de moi, j'ai combattu tout ce temps une tenace peur, vraiment une trop grande frayeur. Je l'ai vaincue, mais je ne dis pas qu'elle m'a lâchée à jamais.

À la fin du génocide, j'ai été installée trois mois à Nyamata, en bas de la commune, dans une hutte abandonnée. Je devais être contente, mais j'étais encore trop alarmée et trop fatiguée. On ne se sentait pas dans notre assiette, si je puis dire ; on était abattus, on était gênés de ce qu'on était devenus. Je crois qu'on ne croyait pas vraiment à la délivrance.

Au fond, on pensait qu'on ne serait jamais délivrés de ce qui nous avait menacés et on a attendu des semaines avant de se laisser aller à la gaieté. Je marchais une heure chaque jour pour arriver à la parcelle familiale. Je soulevais la houe pour donner à manger aux enfants. Je moulais des briques de terre pour construire une nouvelle maison non durable, avec l'aide d'un maçon envoyé par la commune.

Présentement, j'habite la maison d'un Hutu qui n'est pas revenu du Congo, en attendant la pose de notre toiture. Je fonde des espoirs en un programme de petit commerce de riz, de sucre ou de sel dans la grand-rue près d'une pharmacie. Le labeur s'apprivoise mais pas les regrets.

Avant la guerre, j'avais décidé de me détourner de la vie villageoise, je chérissais trop l'école. Si le génocide ne nous avait pas accablés, j'aurais peut-être réussi l'examen national, j'aurais décroché mon diplôme de droit et j'aurais revêtu la toge d'avocate dans un cabinet privé à Kigali. Mais aujourd'hui j'ai vingt-cinq ans. Je n'aperçois que des blocages dans ma vie, des marais autour de mes souvenirs et la houe qui me tend son manche. Je ne sais plus où tourner de la tête pour trouver un mari. Je ne peux plus me confier à un homme hutu, je n'espère pas nécessairement un homme rescapé. J'ai oublié la fantaisie d'amour. J'attends simplement les yeux doux d'un homme de tous les jours posés sur qui je suis. J'entends bien des candidats frapper à la porte et se présenter en souliers brossés, mais je n'en vois plus, ni à droite ni à gauche, qui pourraient me procurer des attendrissements.

Beaucoup de familles hutues sont revenues sur les collines, quand bien même leurs hommes sont en prison. La préfecture leur ouvre grand les portes de leurs habitations. Certains n'étaient pas du tout d'accord avec ce qui se passait, d'autres soutenaient à fond. Ces familles cultivent entre elles leurs parcelles, elles ne nous parlent guère, elles ne rendent rien de ce qu'elles ont pillé, elles ne demandent pas pardon. Leur silence me met très mal à l'aise. Je suis sûre d'avoir reconnu quelques visages de criminels parmi les familles, quand elles travaillent au loin dans les champs. Eux ont conservé des bras musclés pour cultiver. Moi et ma sœur, nous avons seulement des bras fluets pour nourrir des enfants non accompagnés. Je pense qu'il n'est pas convenable de confier seulement au temps et au silence la difficile mission de réconciliation.

À N'tarama, des gens rescapés deviennent mauvais ou désespérés. Ils disent : « J'avais un mari fort, j'avais une maison en murs durables, j'avais de beaux enfants, j'avais de grandes vaches, j'avais travaillé tous les jours et les lendemains, et tout ça pour rien. » Il y a beaucoup d'hommes et de femmes qui ne se fatiguent plus. Ils boivent de la Primus dès qu'ils trouvent des petits sous et ils se fichent de tout ; ils s'enivrent d'alcool et de mauvais souvenirs. Il y en a qui se donnent du plaisir à se raconter toujours les mêmes instants fatals qu'ils ont vécus. Comme s'ils avaient désormais besoin de ça.

Moi, quand je les écoute, j'entends que les gens ne se souviennent pas pareillement du génocide avec le temps. Par exemple, une avoisinante raconte comment sa maman est morte à l'église ; puis, deux ans plus tard, elle explique que sa maman est morte dans le marais. Pour moi, il n'y a pas mensonge. La fille avait une raison acceptable de vouloir d'abord la mort de sa maman à l'église. Peut-être parce qu'elle l'avait abandonnée en pleine course dans le marais et s'en trouvait gênée. Peut-être parce que ça la soulageait d'une trop pénible tristesse, de se convaincre que sa maman avait moins souffert ainsi, d'un seul coup mortel le premier jour. Ensuite, le temps a proposé un peu de tranquillité à cette fille, afin de se rappeler la vérité, et elle l'a acceptée.

Une autre fille nie qu'elle a été blessée, même si ses bras montrent des cicatrices voyantes. Mais un jour elle va entendre quelqu'un raconter la péripétie d'un traquenard de sexe ; et elle, à son tour, elle va oser raconter son traquenard et à quoi elle doit le miracle de sa vie. Elle non plus n'a pas menti, elle a attendu une compagnie d'infortune pour révéler une pénible vérité.

Il y a aussi des gens qui modifient sans cesse les détails d'une journée fatale parce qu'ils pensent que, ce jour-là, leur vie a cueilli la chance d'une autre vie qui méritait autant. Mais, malgré ces zigzags, les souvenirs personnels ne s'échappent pas des mémoires, grâce aux conversations en petites assemblées. Les gens choisissent certains souvenirs, selon leurs caractères, et ils les revivent comme si cela se passait l'année dernière, et pour cent ans encore.

Des gens prétendent que la différence entre les Hutus et les Tutsis est une invention. Je ne comprends pas des fadaises pareilles puisque aucun Tutsi ne pouvait rester en vie une petite heure, debout en plein air, parmi des Hutus, après le commencement des hécatombes dans le Bugesera. Mais je ne veux rien expliquer sur cette différence et sur le soi-disant malentendu entre les ethnies. Je crois qu'il faut nous rendre une justice convenable, mais je ne veux pas dire s'il faut fusiller des prisonniers. Je ne veux pas non plus exprimer ma pensée sur pourquoi les Blancs ont regardé tous ces massacres les bras croisés. Je crois que les Blancs profitent de ce que les Noirs se chamaillent pour semer ensuite leurs propres idées, et voilà tout. Je ne veux rien dire de ce que j'entrevois dans le cœur des Hutus.

Je dis simplement que des cohabitants hutus ont accepté d'exterminer des cohabitants tutsis dans le marigot, pour piller leurs maisons, pour monter leurs bicyclettes, pour manger leurs vaches.

Désormais, je regarde ce temps désolant qui passe devant moi comme un ennemi. Je souffre d'être attachée à cette vie-là, qui n'est pas celle qui m'était destinée. Entre voisins, quand on se demande pourquoi le génocide a choisi la tache du Rwanda sur la carte d'Afrique, on s'éloigne en discussions qui s'entortillent et n'aboutissent jamais à des réponses concordantes.

Des vélos-taxis sous un acacia

Une station-service, rendez-vous des réparateurs de pneus, signale l'entrée dans la grand-rue de Nyamata. Elle est plus rouge, beaucoup plus large que la piste qu'elle prolonge. Elle est pierreuse et cabossée sur une moitié, utilisée par les véhicules, sableuse sur l'autre moitié, réservée aux piétons. En face des pompes à essence, un terrain vague sert de gare routière aux minibus « Dubaï » et aux camions, le temps d'un arrêt pour charger passagers, chèvres et ballots.

Au début de la grand-rue se succèdent la librairie religieuse, les ruines du Bugesera Club, l'antre de l'ancienne équipe de football, Chez Clémentine, le premier boui-boui où boire du vin de banane. Si on prend n'importe quelle ruelle vers la droite, on traverse des courettes et des bicoques envahies de gamins, et on débouche aussitôt dans les champs. Si on prend une rue à gauche, on tombe sur l'église pentecôtiste, dont les chorales en plein air, raffinées, exubérantes, parfois hystériques, sont d'étonnants moments de musique. Tout droit on arrive au centre-ville, place du marché.

À Nyamata, la première villa à deux étages, projet d'un marchand du Burundi, n'a pas encore dépassé le niveau des fondations. Dans les rues, il ne roule plus qu'une auto particulière, une Suzuki blanche appartenant à un autre négociant. Les voitures qui encombraient jadis la bourgade, détruites, ou emportées dans l'exode, n'ont en effet pas été remplacées. Les quelques véhicules qui soulèvent la poussière dans la grand-rue sont des camionnettes de commerçants, réquisitionnées par ailleurs pour les convois des enterrements, des noces, des supporters sportifs, ainsi que les véhicules tout-terrain de l'administration et des organisations humanitaires. On circule donc dans des charrettes tirées par des bœufs attelés à l'aide d'insolites jougs d'aluminium, ou en moto monocylindre japonaise, et bien sûr le plus souvent à pied et à vélo.

La principale station de vélos-taxis se trouve au coin du marché, où, à l'ombre d'un mimosa épanoui, une trentaine de cyclistes attendent la clientèle en écoutant la radio. À côté, une baraque sert d'atelier aux mécaniciens de vélos, souvent hauts comme trois pommes, qui réparent roues et pédaliers avec une dextérité de prestidigitateurs.

Les vélos, noirs, sont majoritairement des Boda Boda à jantes larges et pneus boudins plus ou moins rainurés selon l'usure. Ils sont parfois équipés d'un amortisseur avant, toujours de freins à patins commandés par des leviers fixés au bas du cadre. Les confortables selles en cuir, montées sur trois énormes ressorts, permettent une suspension gyroscopique idéale pour amortir les trous des pistes. Les guidons sont munis de sonnettes philharmoniques, les rayons de catadioptes lumineux. Les chromes, les accessoires, eux, dépendent du modèle. Certains sont décorés de frises dorées, d'autres sont protégés par une ombrelle ou dotés d'un siège avant. Certains bénéficient d'un système antivol, d'un miroir de beauté ou d'un cadre à image pieuse. Les portebagages des vélos-taxis sont rembourrés d'un coussinet de cuir démontable afin de permettre, alternativement, le transport de clients ou de marchandises.

Les autres stations-taxis se situent près de l'hôpital, à la foire aux vaches le mardi, au lycée de langue anglaise à l'heure des sorties. Le prix d'une course en ville varie entre trois et cinq francs. Le prix des trajets éloignés à travers bois se négocie à l'amiable.

Les coursiers et les livreurs travaillent eux aussi à vélo. Messages ou sacs de farine, malles, meubles, chèvres, bidons de pétrole, tout s'achemine à vélo. À la tombée de la nuit, à l'heure de la Primus crépusculaire, des livreurs sillonnent les rues entre les entrepôts et les cabarets, emmenant sur leur porte-bagages, attachée grâce à un infaillible système de tendeurs, une superposition de casiers de bouteilles.

Près de la grand-rue, dans des cours où fument des casseroles de *foufou*, deux salles signalées par des affiches proposent aux heures paires des séances vidéo sur des écrans grésillants. Les films de Jean-Paul Van Damme concurrencent les « Rambo » de Sylvester Stallone. Depuis la destruction des dancings, les jeunes écoutent la musique autour des salons de coiffure One Love, Chez les Sportifs et Texas. Sur la grand-rue, on trouve encore une dizaine de pharmacies, trois ou quatre salons de photos, un dispensaire, une boulangerie Au Bon Pain Quotidien, une boucherie Butcher, mais aucun magasin hi-fi, aucune vitrine de mode ; plus surprenant dans une ville africaine : aucune bijouterie.

La grand-rue ne désemplit jamais. Elle accueille des fonctionnaires à l'heure de la pause de midi. Elle se colore, après les classes, d'une kyrielle d'écolières en robe bleu roi, d'écoliers en uniforme kaki et de collégiens en chemise blanche ; d'une multitude de parasols à losanges rouge, jaune, vert, bleu les jours de marché. Elle se vide au coup d'envoi du match de football au stade qui se situe au bout et s'encombre de nouveau à la mi-temps. C'est dans la grand-rue que, pour pallier la pénurie de téléphone, on vient prendre et donner des nouvelles des uns et des autres.

Innocent Rwililiza, qui appréhende d'affronter trop d'ombres chez lui, est l'un des piliers les plus populaires de la grand-rue. Dix ans de scolarité sur les collines et quinze d'enseignement en ville lui ont permis de connaître tout le monde. Il est le secrétaire de l'inspection scolaire et l'initiateur de plusieurs associations d'entraide. Il est l'un des vingt survivants héroïques de la forêt de Kayumba. Il n'est d'aucun clan mais de tous les coups de main ; il recourt à la dérision avec tendresse, exprime ses idées avec gentillesse, ne devient nerveux que lorsqu'on parle église, où a péri sa première épouse. Épiphanie, sa seconde épouse, lui a déjà donné quatre enfants.

Il ne boit que de la Primus – une, deux, cinq bouteilles au gré des rencontres – qu'il exige tiède. Tout autre bière ou écart de température, qu'il détecte instantanément en caressant la bouteille, *a fortiori* toute autre boisson, le rendrait malade sur-le-champ. Il est curieux de tout, des gens ou des pays étrangers, mais concentre son intelligence à essayer, désespérément il le sait, de comprendre ce qu'il a traversé. L'un de ses rêves est d'écrire un livre sur le génocide, mais il prétend qu'il n'en trouve pas encore la disponibilité ou l'énergie. En attendant il en bavarde, en discute, en blague, beaucoup, avec tout le monde ; pas seulement pour mieux comprendre ou pour ne rien oublier, mais parce que parler lui fait du bien.

Innocent Rwililiza, 38 ans, enseignant
Nyamata centre

Mon père était aide-vétérinaire à Ruhengeri. Il a été envoyé parmi tant d'autres fertiliser une parcelle sur la colline de Kanombe. C'est ce qu'il a fait de ses deux mains. Au Rwanda, l'agriculture ne s'apprend pas ; elle vient à toi. Si tu n'as pas de meilleures affaires qui t'attendent sur le moment, tu prends la houe et tu vas creuser dans les champs.

Quand mes parents ont traversé le fleuve Nyabarongo, quelques natifs hutus étaient déjà dispersés dans la brousse, qui n'étaient pas du tout méchants. Ces gens ne savaient rien de la pagaille qui se tramait dans le reste du pays et ils regardaient les réfugiés avec des yeux très pacifiques.

À Kanombe, nous étions juste au nombre de deux frères et deux sœurs. Nous habitions une case de paille. On devait parcourir dans la brousse quelque vingt kilomètres à pied, dans la journée, pour aller à l'école. Le dimanche on devait bien défricher. J'ai suivi l'école primaire, puis l'école secondaire, et je suis devenu enseignant. Je me suis marié et nous sommes descendus avec mon épouse nous installer au centre-ville de Nyamata, parce que les parcelles étaient bondées sur les collines.

À l'époque, Nyamata méritait déjà plus que le nom de village, avec un marché très défendable et une église en dur. Les rues ne se présentaient plus pareillement, les maisons avaient très vite grandi. On croisait des commerces en tous genres, une gare de minibus pour Kigali, des cabarets de boissons locales ou de bières export, un collège, un fort modeste hôtel, un centre culturel enjolivé d'une pelouse.

Nyamata entretenait la promesse de devenir une ville, on parlait même d'une préfecture malgré les semonces des sécheresses. On y comptait un peu plus de Tutsis que de Hutus, on s'y sentait à l'aise.

C'est par la suite, vers 1992, que la politique est venue tout gâter. Les milices et les politiciens sont venus de Kigali envoyer des signaux de mauvais augure. Un bourgmestre hutu a même été tué parce qu'il refusait de donner la chasse aux Tutsis. Entre nous, on ne se fréquentait plus guère au cabaret, de crainte des blessures, mais on se parlait correctement au travail et sur la route. L'année 1994, je respirais comme tout le monde une catastrophe sur les braises. On n'osait plus entrer dans tel ou tel cabaret si on n'était pas membre de tel ou tel parti. Nous, les Tutsis, on se contentait d'aller dans les boutiques de Tutsis pour boire notre Primus sans histoires.

Je me souviens d'un soir, quelques semaines avant les attaques, je rentrais du boulot en compagnie d'un collègue et voisin hutu. On parlait de ce qui se négociait au sommet d'Arusha entre les gouvernants et les rebelles, et de nos inquiétudes politiques. À mi-côte, il s'est arrêté, il m'a regardé ; il m'a dit : « Innocent, on va vous exterminer. » Je lui ai rétorqué : « Non, je ne crois pas. Nous allons souffrir une fois de plus, mais nous allons sûrement nous sauver. » Il m'a répété : « Innocent, écoute-moi, je dois te dire que vous allez tous mourir. » Plus tard, j'ai croisé ce collègue dans le quartier, il se baladait dans une camionnette de militaires du camp de Gako, il désignait du doigt les portes de ceux qu'il fallait tuer. Il m'a vu, il a simplement repris son occupation.

Le lendemain de la chute de l'avion d'Habyarimana, nous continuions à enseigner pendant les horaires de journée ; mais les nuits, nous les dormions dans la brousse, loin des habitations, de crainte des coups fourrés. Le 11 avril dans la matinée, il y a eu un très grand brouhaha en ville. Des militaires se sont mis à fusiller très sérieusement dans les rues. Mais rapidement, ces militaires ont constaté que les gens n'étaient pas menaçants, ils n'ont plus consumé de cartouches, ils ont seulement donné un coup de main aux *interahamwe* qui s'étaient déjà rués pour cogner. Ils ont débuté par les commerçants prospères, parce qu'ils étaient, déjà, surtout préoccupés de s'enrichir.

Dans la panique, une foule s'est précipitée vers le bâti-ment communal. On est restés quelque deux heures, assem-blés dans la cour, à attendre des paroles de protection. Le bourgmestre est sorti, il était vêtu de son trousseau bleu de cérémonie. Il nous a déclaré : « Si vous retournez chez vous, on va vous tuer. Si vous fuyez dans la brousse, on va vous tuer. Si vous restez ici, on va vous tuer. Toutefois vous devez partir d'ici, parce que je ne veux pas de sang devant ma commune. » Les femmes, les enfants et les plus faibles se sont mis en marche vers l'église. Moi, je me suis dit : « L'affaire a changé de style. On va tuer là-bas aussi, c'est sûr, et en tout cas je ne veux pas mourir dans une église. » Raison pour laquelle j'ai couru toute la journée sans desti-nation. J'ai passé la nuit dans les taillis et j'ai atteint Kayumba le lendemain. Là-haut, nous nous sommes retrouvés quelque six mille personnes bien portantes, à deux ou trois kilomètres de la ville, à attendre les péripéties dans la forêt d'eucalyptus.

Le jour du massacre à l'église, du haut de Kayumba, on a entendu les grenades et on a vu des fumées. Ma femme et mon enfant s'étaient réfugiés à l'intérieur. Quatre jours plus tard, j'ai croisé dans le bois une maman qui avait échappé

au massacre. Elle m'a dit : « Innocent, j'amène une mauvaise nouvelle, j'ai croisé ton épouse dans la mêlée à l'église.
Dans l'état où je l'ai laissée, je dois te dire qu'elle n'est plus
de ce monde. » J'étais assommé, mais j'espérais encore. Je
me disais : « Si personne n'a vu sa dépouille, peut-être elle a
pu échapper elle aussi. »

Encore aujourd'hui, des années plus tard, quand j'aperçois au loin une silhouette qui ressemble à la sienne, je
sursaute dans la rue. C'est très éprouvant de vivre avec une
fausse espérance. Je peux dire aujourd'hui que survivre avec
le souvenir de son épouse et de son enfant, quand on ignore
comment ils ont été tués, quand on ne les a pas vus morts,
et qu'on ne les a pas enterrés, est la chose la plus décou-
rageante.

Je ne pouvais pas emmener ma femme et mon fils, sur la
colline de Kayumba, parce qu'ils ne couraient pas assez vite.
Je ne les ai pas suivis à l'église qui est de coutume réservée
aux personnes faibles. Je me disais : « Puisque tu vas mourir,
tu dois quand même essayer de durer deux ou trois jours
de plus. » Voilà pourquoi nous nous sommes quittés.

Mais il y a une autre raison, un peu délicate à expliquer,
pour laquelle on s'est séparés ; et que je me dois d'ajouter.
Voilà. Quand tout le monde doit mourir dans une famille,
quand tu ne peux rien faire pour sauver ta femme ou alléger
ses souffrances, et elle pareillement, c'est mieux d'aller se
faire tuer ailleurs. Je m'explique plus précisément. Si ce n'est
pas toi qui vas mourir le premier, si tu vas entendre les cris
de ton papa, de ta maman, de ta femme ou de ton enfant,
et si tu ne peux bouger une main pour les sauver, ou même
pour les aider à mieux mourir, tu vas mourir à ton tour
dans le gâchis des sentiments qu'il y avait entre vous, au
bon temps, parce que tu vas te sentir trop coupable d'une

situation qui te dépasse complètement. Un terrible sentiment de honte va t'envahir à l'ultime moment et va l'emporter sur l'amour, la fidélité et tous ces sentiments-là. À la
frontière de l'existence, tu vas te faire confisquer même les
souvenirs des moments heureux qu'elle t'avait pourtant don-
nés. Voilà pourquoi j'ai pensé, c'est peut-être mieux d'être
coupés les uns et les autres, hors des yeux les uns des autres.

Sur la colline de Kayumba, la situation était tout de suite
devenue grave. C'est une forêt d'eucalyptus, comme je l'ai
indiqué. Les eucalyptus sont de hauts arbres qui poussent
avec trop d'espacement pour espérer s'y cacher, au contraire
des papyrus drus des marais. Donc, le bas de la colline était
encerclé par des *interahamwe*. Le matin, ils montaient en
rangs, en chantant, et ils commençaient la poursuite en
criant. Toi, tu devais détaler en moins de neuf secondes au
cent mètres pour leur échapper. Tu devais te faufiler entre
les arbres, tu devais esquiver toute la journée, sans jamais
baisser ta vitesse.

Souvent, ils organisaient des embuscades. Ils se dissimu-
laient en silence dans un endroit, des collègues à eux débar-
quaient derrière nous afin de nous rabattre comme des antilopes vers là où les tricheurs étaient cachés. Et ils nous
tuaient ainsi en plus grand nombre. Des safaris du Kili-
mandjaro, en quelque sorte, sans les appareils photo. Donc,
tu devais courir sans jamais affaiblir ta vigilance et tu devais
acquérir une certaine technique que voici.

Comme je l'ai dit, les *interahamwe* étaient malins. Donc,
toi tu devais organiser des contre-tactiques encore plus
malignes. Quand on les entendait monter, puisqu'ils criaient
et chantaient, on les laissait monter jusqu'à quelque deux
cents mètres. À cette distance, une flèche n'est pas méchante.

Alors, tu faisais semblant de t'échapper et tu les contournais en demi-cercle à très grande vitesse. Eux, ils continuaient à pourchasser ceux qui n'avaient pas assez de vitesse, et qui s'enfuyaient tout droit ; et ainsi, toi, derrière leur dos, tu gagnais un repos très profitable. Après deux ou trois heures, une nouvelle ligne d'attaque montait pour achever les blessés ; et tu recommençais à les contourner. Voilà comment essayaient de se sauver les jeunes gens aux jambes agiles qui fendaient l'air. Quant aux autres, ils n'avaient d'autre chance que de courir tout droit, à bout de souffle, pour tenter de ne pas se faire massacrer avant la fin.

Vers 16 heures, les malfaiteurs retournaient en ville, parce qu'ils craignaient les ténèbres. De là-haut, le soir, on les entendait qui se réjouissaient en chansons et en boissons. On voyait qu'ils habitaient dorénavant les maisons les plus confortables. Avec la brise, on sentait même, parfois, le fumet de la viande grillée. Nous, on allait fouiller les champs et on se couchait sous la pluie, à l'abri des branches.

Le lendemain, ils remontaient en chantant, et la chasse reprenait toute la journée. On essayait de courir par petites équipes afin de se donner du courage. Celui qui était surpris en embuscade, il était tué ; celui qui se tordait la cheville, il était tué ; celui qui était pris par la fièvre ou la diarrhée, il était tué. Tous les soirs, la forêt était jonchée de dizaines de morts et d'agonisants.

Mais on était doublement infortunés, car, sur la colline, bien que ce fût la grande saison des pluies, on ne trouvait pas d'eau à boire, faute de récipient. Au début, on parvenait à s'abreuver sur les tôles ondulées. Mais après, ils ont emporté les toitures pour consolider leurs maisons de ville, et on ne savait plus comment recueillir de l'eau. Sauf lécher les feuilles mouillées. On ne bénéficiait pas de marigots comme nos compatriotes dans les marais. Donc, à la fin d'une journée de course, celui qui était sauvé, dès qu'il pensait profiter de sa pause de liberté, il se sentait aussitôt desséché. D'ailleurs, de plus en plus de gens mouraient simplement de soif, en pleine saison pluvieuse.

Dans la forêt, on se groupait selon les connaissances ou le destin. On était couverts de boue parce qu'on ne pouvait plus se nettoyer. Il y avait des mamans qui avaient perdu leur pagne, des filles qui s'enroulaient les sous-vêtements sur la tête pour se protéger du soleil. Il y en a qui souffraient de blessures purulentes. Quand on retrouvait la tranquillité, le soir, on s'asseyait les uns à côté des autres, pour se retirer les poux et se frotter la peau. Mais on ne se sentait jamais humiliés de ça. On portait tous le même fardeau et on ne croisait personne à qui comparer notre souillure. Parfois, même, on trouvait moyen de se taquiner. Une maman s'asseyait à côté de toi, elle t'épouillait et te disait : « Ah, tu es si sale qu'on ne peut plus être certain que tu es noir », ou quelque blague pareille. La seule chose qui importait, était de se sauver encore un peu.

Parfois, sur la colline, on regardait les Hutus qui festoyaient à Nyamata, comme lors des mariages. Et on arrivait à se dire à haute voix : « S'ils nous laissaient vivre ici, comme des animaux, jusqu'à la fin de la vie, sans toutefois nous tuer, ce serait très acceptable. Qu'ils prennent nos maisons, qu'ils tuent nos vaches, ce n'est rien. Qu'ils arrêtent de nous tuer, ça va. »

L'homme cache des raisons mystérieuses à vouloir survivre. Plus on mourait, plus on était préparés à mourir et plus on courait vite pour gagner un moment de vie. Même ceux qui avaient des jambes et des bras coupés, ils demandaient de l'eau pour durer seulement une heure supplémentaire. Je ne peux expliquer ce phénomène. Ce n'est pas un réflexe animal ; parce que l'animal, lui, il veut vivre parce qu'il n'est jamais certain de mourir, puisqu'il ignore ce que signifie la mort. Pour nous, c'était une terrible envie originelle, si je puis dire maladroitement.

Mais, je crois que les Hutus, de nous voir ainsi, vivre comme des sauvageons moins que rien, ça leur facilitait le travail. Surtout ceux qui n'étaient pas animés de la haine de massacrer.

Un jour, nous étions un groupe et nous avons surpris trois Hutus. Ils étaient distraits et ils s'étaient laissé isoler. On les a encerclés, ils se sont assis au milieu, sur les feuilles. Parmi nous, il y avait un type qui courait avec à la main des flèches ramassées par terre. On a expliqué : « Bon, la chose a tourné ; cette fois c'est nous qui allons vous tuer avec les flèches. » Un vieux nous a imploré : « Non, non, pardon, ne nous tuez pas. » Je lui ai dit : « Ah bon, et pourquoi ? Vous passez vos journées à nous couper et maintenant vous pleurez pour ne pas être percés ? » Il m'a dit : « Ce n'est pas ma faute. C'est la commune qui veut ça. C'est en bas qu'ils nous obligent à faire tout ça. » Je lui ai demandé : « Si c'est vrai, pourquoi ne pas venir passer toute la journée à l'ombre, sans toutefois tuer jusqu'au soir, ensuite redescendre à Nyamata bien reposé et garder le bon œil des autorités ? » Il m'a répondu : « C'est une bonne idée, je n'y avais pas pensé. » Je me suis mis à crier, très fâché : « Tu n'avais pas pensé que tu pouvais ne pas nous tuer ? » Il répondit : « Non, à force de tuer, on avait oublié de vous considérer. »

Maintenant, je pense que ce Hutu ne couvait pas la férocité dans le cœur. Nous, on détalait sans répit au moindre bruit, on fouinait la terre à plat ventre en quête de manioc, on était bouffés de poux, on mourait coupés à la machette comme des chèvres au marché. On ressemblait à des animaux, puisqu'on ne ressemblait plus aux humains qu'on était auparavant, et eux, ils avaient pris l'habitude de nous voir comme des animaux. Ils nous traquaient comme ça. En vérité, ce sont eux qui étaient devenus des animaux. Ils avaient enlevé l'humanité aux Tutsis pour les tuer plus à l'aise, mais ils étaient devenus pires que les animaux de la brousse, parce qu'ils ne savaient plus pourquoi ils tuaient et qu'ils le faisaient avec des manies. Un *interahamwe*, quand il attrapait une Tutsie enceinte, il commençait par lui percer le ventre à l'aide d'une lame. Même la hyène tachetée n'imagine pas ce genre de vice avec ses canines.

Dans la forêt de Kayumba, on vivait unis. On ne pouvait rien se voler, se chamailler sur rien. Les gens qui ne s'entendaient pas auparavant pour des anicroches oubliaient leurs histoires. Je me souviens de deux tracas de dispute. L'un à cause d'un homme immense qui grognait méchamment dès qu'on approchait de sa marmite. L'autre de la faute d'un jeune homme, qui insultait sa sœur et refusait de la nourrir, parce qu'elle était malhabile à fouiller les champs. Deux méchants bougres sur des milliers de gens, cela ne pouvait nous embrouiller.

Quand on dormait les uns à côté des autres, même si on se mettait nus pour laver nos culottes, on n'avait pas envie de se tripoter ; on ne pensait pas au sexe et à ses fantaisies, parce qu'on avait vu trop de sang dans la journée. On subissait le même sort, on affrontait le même danger, et, puisqu'on devait mourir, on essayait de rester bons amis le plus longtemps. Certains jours, je me dis que si les hommes et les femmes vivaient sur la terre, bienveillants entre eux comme nous l'avons été à Kayumba, le monde serait tellement plus clément qu'il ne l'est. Mais tous ces gens solidaires sont morts, et ils ne sont même pas inhumés.

Aujourd'hui, sur la commune, on connaît des Hutus qui ont été obligés de tuer leur famille tutsie pour échapper eux-mêmes à la mort. Mais un seul cas de Tutsi qui a tué des Tutsis pour tenter de se sauver, une personne sur plusieurs dizaines de milliers de gens. Ce type était un joueur très applaudi du Bugesera Sport, l'équipe de football de la région ; il a voulu se transformer en *interahamwe* ; il a dénoncé des avoisinants, il a aidé à tuer pour tenter de se sauver grâce à ses anciens collègues de ballon. Les *interahamwe* se sont servis de lui et, à la fin des fins, ils l'ont abattu en travers d'un chemin.

On savait que ça ne servait à rien de se proposer comme complices avec eux car ils n'en avaient pas besoin, ils ne programmaient pas d'exception. Même les filles qui étaient préservées pour être violées ou pour servir aux travaux de ménage, elles n'étaient prises que par des Hutus ordinaires et, dès que les *interahamwe* s'en apercevaient, ils se hâtaient de les couper sans demander aux propriétaires. À Nyamata, je n'en connais que deux qui ont réchappé d'un séjour de fille chez des familles de tueurs. Je ne parle pas de celles qui pouvaient être bien cachées.

Les Hutus étaient très décidés à boucler notre extermination. Nous, quand on se faisait prendre, on ne se dénonçait jamais, parce qu'on savait que ça ne pouvait même pas nous sauver. Celui qui proposait de trahir la cachette d'une connaissance, il pouvait bien être coupé le plus cruellement, en guise de remerciement, pour les faire rigoler. Donc, on mourait souvent sans même parler, sans protester, sauf les inévitables cris sous la douleur. Comme si on s'était accommodés de la mort avant d'être abattus.

Un jour, je me souviens, j'étais caché derrière une ruine. Des *interahamwe* sont entrés à l'intérieur et y ont trouvé une famille. J'entendais les coups frappés sur les os, j'entendais à peine des plaintes. Ensuite, ils ont découvert un enfant derrière un puits. C'était une fillette. Ils se sont mis à la couper. Je pouvais tout écouter dans ma cachette. Elle n'a même pas demandé pitié pour essayer de se sauver; elle a seulement murmuré des petits mots avant de mourir : « Jésus », je crois, ou quelque chose comme ça, puis de simples petits cris.

Alors, pourquoi découpaient-ils des gens au lieu de les tuer directement ? Je ne pense pas que c'était pour les punir d'avoir tenté de s'échapper. Ni pour décourager les vivants de courir, d'esquiver les massacreurs toute la journée, de se sauver de toutes les manières. Ou peut-être le faisaient-ils pour un minuscule pourcentage seulement. Les canailles pensaient que de toute manière ils allaient nous achever.

Ils nous coupaient par goût de sauvagerie, rien de plus. Il y avait parmi eux des Hutus normaux qui tuaient normalement, des Hutus méchants qui tuaient méchamment, le plus souvent des *interahamwe*; et enfin des extrémistes de la méchanceté qui tuaient avec une extrême méchanceté.

Tous les matins, même le dimanche, les chasseurs montaient par divers chemins, ils portaient des chapeaux sur la tête, les lames sur l'épaule; ils chantaient. Le soir, vers 16 heures, ils repartaient, ils bavardaient et laissaient cent, deux cents cadavres sous les eucalyptus. D'abord les vieux et les enfants, puis les malades et les affaiblissants, puis les femmes et les malchanceux. Plusieurs équipes ont tenté de s'enfuir de nuit vers le Burundi. Il en est resté deux réchappés. Un éleveur costaud qui a tué celui qui était en train de le tuer, et qui s'est vu arriver dans la foulée au Burundi sans le savoir. Et Théoneste, qui s'est faufilé dans les brousses grâce à mille ruses de bergers.

À Kayumba, on a entendu parler de suicide certains soirs. Des anciens qui avaient vécu trop de menaces depuis 1959 et qui trouvaient que ça leur suffisait. Des jeunes qui voulaient éviter la machette, qui préféraient mourir au fond de l'eau sans avoir à supplier les tueurs dans la douleur. Mais les cas étaient beaucoup plus rares que dans les marais. D'une part parce qu'on voyait assez de morts dans la journée, pour ne pas en rajouter. D'autre part parce qu'il n'y avait rien de commode et de disponible pour se donner la mort. Une seule fois, un jour de tristesse, j'avais décidé d'en finir et d'aller me jeter dans le fleuve Nyabarongo. Chemin faisant, une équipe d'*interahamwe* a surgi et a détourné mon itinéraire ; en quelque sorte je lui dois la vie.

À Kayumba, le suicide demandait une grande bravoure, de la vitalité et de la chance. Mais il y avait des mamans ou des papas qui, un jour, refusaient de courir. Un matin, j'étais derrière un rocher en compagnie d'une maman encore jeune et vigoureuse. On a entendu le brouhaha des assassins, je me suis levé, elle est restée assise. Je lui ai dit : « Dépêche-toi, on va se faire surprendre. » Elle a répondu en douceur : « Va, Innocent. Moi, cette fois je ne me dérange plus. » J'ai couru ; quand je suis revenu au rocher, le soir, elle avait la tête tranchée.

À la fin, il ne restait plus que nous, les sprinters. Nous avions commencé à cinq ou six mille ; un mois plus tard, quand les *inkotanyi* sont arrivés, nous étions une vingtaine en vie. Voilà l'arithmétique. Si les *inkotanyi* avaient traîné en route une semaine de plus, on restait au nombre exact de zéro. Et tout le Bugesera serait un désert, parce que les Hutus s'étaient tellement accoutumés à tuer qu'ils auraient continué à s'entre-tuer.

Moi, je tiens simplement à faire remarquer à ceux qui biaisent sur le génocide rwandais que, si les Hutus n'avaient pas été si préoccupés de s'enrichir, ils auraient réussi à exterminer tous les Tutsis du pays. Notre chance est qu'ils gaspillaient beaucoup de temps à démonter les tôles, à fouiller les maisons et à se chamailler quant aux partages. De plus, quand un groupe d'*interahamwe* avait bien dévalisé, il organisait une fête ; ils mangeaient pour se ravigoter, ils buvaient, ils fumaient pour alléger la digestion, et le lendemain ils prenaient un congé.

Beaucoup de journalistes étrangers ont raconté que les bières et consorts avaient joué un rôle décisif dans les tueries. C'est exact, mais un rôle inverse à celui qu'ils ont imaginé. D'une certaine façon, beaucoup d'entre nous devons notre survie à la Primus et nous pouvons lui dire merci.

Je m'explique. Les tueurs se présentaient sobres le matin pour commencer à tuer. Mais, le soir, ils vidaient plus de Primus que d'ordinaire, pour se récompenser, et ça les amollissait le lendemain. Plus ils tuaient, plus ils volaient, plus ils buvaient. Peut-être pour se détendre, peut-être pour oublier ou pour se féliciter. En tout cas, plus ils coupaient, plus ils buvaient le soir, plus ils accumulaient du retard sur leur programme. Ce sont ces bagatelles de pillages et de saouleries, sans aucun doute, qui nous ont sauvés.

Nous autres, les survivants de Kayumba, nous développons aujourd'hui des activités différentes. Le temps nous écarte, mais on continue de se visiter, on s'efforce de se stimuler, on évoque la bravoure qu'on a montrée là-haut. Ceux qui fréquentent les cabarets se partagent une Primus et bavardent de ça. On ne s'explique toujours pas ce qui nous est arrivé.

Je vois qu'en Afrique, plus il y a d'ethnies, plus on en parle et moins elles posent problème. De par le monde, si tu es blanc, si tu es noir, si tu es du Pôle Nord ou de la jungle, tu ne provoques pas de gêne contagieuse. Ici, au Rwanda, c'est tout une affaire d'être hutu ou tutsi. Sur un marché, un Hutu reconnaît un Tutsi à cinquante mètres, et vice versa, mais admettre qu'il y a une différence est un sujet tabou, même entre nous. Le génocide va changer l'existence de plusieurs générations de Rwandais, et pourtant il n'est toujours pas mentionné dans les manuels scolaires. On n'est jamais à l'aise de ces nuances entre nous. D'une certaine façon, l'ethnicité c'est comme le sida, moins tu oses en parler, plus elle cause de ravages.

J'ai lu qu'après chaque génocide les historiens expliquent que ce sera le dernier. Parce que plus personne ne pourra plus accepter une pareille infamie. Voilà une blague étonnante. Les responsables du génocide au Rwanda ne sont pas les cultivateurs pauvres et ignorants, pas plus que les *interahamwe* féroces et alcooliques ; ce sont les gens instruits. Ce sont les professeurs, les politiciens, les journalistes qui se sont expatriés en Europe étudier la Révolution française et les sciences humaines. Ceux qui ont voyagé, qui sont invités dans des colloques et qui ont reçu les Blancs à manger dans leurs villas. Les intellectuels qui ont acheté des bibliothèques hautes jusqu'au plafond. Eux-mêmes n'ont guère tué de leurs propres mains, mais ils ont envoyé les gens faire le travail sur les collines.

À Nyamata, le président des *interahamwe* se prénommait Jean-Désiré. Il était un bon enseignant. Parfois on se partageait une Primus, en amitié. Il nous disait : « Bon, si les *inkotanyi* entrent au Rwanda, on sera obligés de vous tuer », et des choses pareilles. Mais comme il était gentil, on rigolait de ça et on lui offrait une autre bière. Cet homme, avec qui on se racontait des drôleries, s'est montré, par la suite, être l'un des trois ou quatre promoteurs du génocide dans la région.

Le génocide n'est pas vraiment affaire de misère ou d'un manque d'instruction, et je m'en explique. Je suis enseignant, donc je pense que l'instruction est nécessaire pour nous éclairer sur le monde. Mais elle ne rend pas l'homme meilleur, elle le rend plus efficace. Celui qui veut insuffler le mal, il sera avantagé s'il connaît les manies de l'homme, s'il apprend sa morale, s'il étudie la sociologie. L'homme instruit, si son cœur est mal conçu, s'il déborde de haine, il sera plus malfaisant. En 1959, les Hutus avaient tué, chassé, pillé sans relâche les Tutsis, mais ils n'avaient pas imaginé un seul jour les exterminer. Ce sont les intellectuels qui les ont émancipés, si je puis dire, en leur inculquant l'idée de génocide et en les débarrassant de leurs hésitations. Je ne nie pas les injustices envers les Hutus sous le règne des rois tutsis, les excès de richesses ou d'autorité. Mais c'est tellement ancien que l'université nationale de Butare n'a jamais diplômé un seul historien rwandais capable d'écrire un livre convenable sur ces royautés.

En tout cas, les Tutsis n'ont plus commis aucune méchanceté depuis 1959, puisque après les élections les militaires sont devenus hutus, les bourgmestres, les préfets, les policiers pareillement hutus ; même les directeurs des bureaux de poste étaient hutus. Les Tutsis, eux, ils multipliaient l'élevage, ils enseignaient dans leurs classes, ils développaient leurs commerces et ils s'habituaient à se laisser humilier en de traditionnelles occasions. Ce sont donc des intellectuels hutus sans doléances qui ont planifié la suppression des Tutsis.

Par ailleurs, des Français savaient que le génocide se préparait, puisqu'ils recommandaient notre armée. Soi-disant, ils n'y croyaient pas ; pourtant beaucoup de Blancs connaissaient le programme et le caractère d'Habyarimana, comme ils connaissaient celui d'Hitler. Un jour, à Nyamata, des blindés blancs sont venus afin de récupérer les pères blancs. Dans la grand-rue, les *interahamwe* ont cru qu'ils venaient pour les punir et ils se sont enfuis en se criant les uns les autres que les Blancs allaient les tuer. Les chars n'ont même pas marqué une petite pause Primus pour rigoler du quiproquo. Et, quelques semaines plus tard, les Blancs ont envoyé des photographes professionnels pour montrer au monde comment on était massacrés. Alors, vous pouvez comprendre que dans le cœur des rescapés il s'est glissé un sentiment d'abandon qui ne se dissipera jamais. Mais, je ne veux pas vous fâcher avec ça.

Moi, je vois qu'aujourd'hui il y a toujours une gêne à parler des rescapés, même au sein des Rwandais, même au sein des Tutsis. Je pense que tout le monde voudrait bien que, d'une certaine façon, les rescapés aillent se mettre à l'écart du génocide. Comme si on voulait qu'ils laissent à d'autres, qui n'ont pas risqué de se faire tailler directement à coups de machette, la tâche de s'en occuper. Comme si nous étions dorénavant un peu de trop. Mais il faut dire que nous sommes aussi fautifs de cela. Après le génocide, nous étions très endormis, et nous avons perdu la tête.

Dans la forêt, un garçon avait réussi à sauver un poste de radio et ses piles. Pendant la première semaine, le soir, parfois, on entendait les nouvelles du génocide ; on a entendu le discours du Premier ministre par intérim, qui grondait les Hutus de Butare parce qu'ils se faisaient tirer l'oreille pour massacrer. Plus tard le discours du ministre de l'Agriculture, qui conseillait aux cultivateurs de travailler avec toujours une lame à portée de main, au cas où il passerait un fuyard tutsi dans leur champ. On écoutait le désastre dans le Nord, dans le Sud. On se disait qu'on était, là-haut dans nos eucalyptus, parmi les derniers des survivants.

Alors, quand nous sommes descendus, nous nous sommes dit : « Nous devions mourir, nous sommes toujours en vie, ça nous suffit. À quoi bon travailler ou se débrouiller ou se faire écouter ? » Moi-même, j'étais anéanti par toutes ces courses sur Kayumba, j'étais amoindri par la malaria, j'étais découragé par la mort de ma famille. Comme si ces malheurs ne suffisaient pas, ma jambe a sauté sur une mine dans une rue. Je ne cherchais plus d'occasions de côtoyer les gens de l'extérieur, les cameramen et consorts. Je me fichais pareillement d'eux, de moi, de nous, de ce qui pouvait se dire de valable entre nous.

En plus, il y en avait qui avaient des blessures puantes pénibles à approcher, d'autres qui se retrouvaient va-nu-pieds, d'autres qui n'avaient plus de toit pour accueillir chez eux. On préférait rester entre nous à la maison, on buvait des Primus dès qu'on trouvait des sous. Les reporters passaient devant la porte sans même frapper, parce qu'ils étaient trop occupés pour s'attarder devant des gens qui n'échangeaient plus rien. Les rapatriés tutsis du Burundi étaient plus en forme que nous, ils prenaient beaucoup d'activités en cours de route, ils montraient des visages plus serviables, ils se sont fait remarquer davantage.

Une chose qui me surprend aujourd'hui est que beaucoup de promoteurs du génocide soient redevenus des gens de tous les jours, qu'ils se soient dispersés en toute quiétude, qu'ils se baladent dans les rues, en France, en Europe, au Kenya. Ils enseignent à l'université, ils prêchent dans les églises ou soignent dans les hôpitaux et, le soir, ils écoutent de la musique et surveillent les écolages des enfants. On dit : « Le génocide, c'est une folie humaine », mais la police ne va même pas questionner les ténors du génocide dans leurs villas à Bruxelles ou à Nairobi. Si vous croisez l'un d'eux à Paris, avec son costume à la page et ses lunettes cerclées, vous vous dites : « Tiens, voilà un Africain très civilisé. » Vous ne pensez pas : « Voilà un sadique qui avait stocké, puis distribué deux mille machettes aux paysans de sa colline natale. » Donc, à cause de cette négligence, les tueries peuvent recommencer ici ou ailleurs.

La guerre est une affaire d'intelligence et de bêtise. Le génocide est une affaire de dégénérescence de l'intelligence. Une remarque qui me dépasse toujours, quand je parle de cette époque, est la sauvagerie des tueries. S'il y avait à tuer, il n'y avait qu'à tuer, mais pourquoi couper les bras et les jambes ?

Ceux qui ont fait ça ne sont pas des démons, ni des *interahamwe* drogués comme l'ont répété les Blancs. C'était des avoisinants avec qui on bavardait jadis sur le chemin du marché. Il y a un endroit où ils ont enfilé cinq ou six Tutsis sur un long bois taillé pointu pour les faire mourir en brochettes. Maintenant, paraît-il qu'ils prétendent, à la prison de Rilima, qu'ils ne se souviennent pas comment ils ont pu faire ces choses incroyables. Mais ils se souviennent de tout, dans les plus petits détails.

Pour moi, je le répète, ils coupaient et mutilaient pour enlever de l'humain aux Tutsis et les tuer plus facilement ainsi. Et ils se sont en définitive trompés. J'ai connu l'exemple d'un tueur qui avait enterré tout vivant son collègue tutsi dans un trou derrière sa maison. Huit mois après, il s'est senti appelé par la victime pendant un rêve. Il est retourné dans le jardin, il a soulevé la terre, il a dégagé le cadavre, il s'est fait arrêter. Depuis, à la prison, il se promène jour et nuit avec le crâne de ce collègue dans un sac en plastique qu'il tient à la main. Il ne peut lâcher le sac même pour manger. Il est hanté à l'extrême. Lorsqu'on a brûlé vifs des enfants, devant l'église de Nyamata, qu'on a organisé des chasses aux vieillards dans les bois et qu'on a étripé les bébés des filles enceintes dans les marais, on ne peut pas prétendre qu'on a oublié comment on a pu faire ça, ni qu'on a été obligé de le faire.

Je pense, par ailleurs, que le Rwanda mange maigrement deux fois par jour grâce à son agriculture ; qu'il faut de nombreux bras et mains valides pour empêcher la brousse de profiter de la situation, et que cette vérité de la terre est complémentaire de l'exigence de justice.

Je remarque aussi qu'il se creuse un ravin entre ceux qui ont vécu le génocide et les autres. Quelqu'un d'extérieur, même s'il est rwandais, même s'il est tutsi et s'il a perdu sa famille dans les tueries, il ne peut pas comprendre tout à fait le génocide. Même s'il a vu tous ces cadavres qui pourrissaient dans la brousse, après la libération ; même s'il a vu les entassements de cadavres dans les églises, il ne peut pas partager la même vision que nous.

Les rapatriés et les étrangers disent que les rescapés deviennent aigris, renfermés, presque agressifs. Mais ce n'est pas vrai, on est simplement un peu découragés parce qu'on s'est laissé peu à peu isoler. Nous, les rescapés, on devient plus étrangers, dans notre propre pays que nous n'avons jamais quitté, que tous les étrangers et expatriés qui nous regardent avec des yeux inquiets.

Un Rwandais extérieur au génocide, il pense que tout ce que le rescapé dit est vrai ; mais que tout de même il exagère un peu. Il croit tout ce que raconte le rescapé et, l'instant d'après, il commence à oublier. Il approuve la thèse du génocide, mais il doute quant aux péripéties. Celui qui n'a pas vécu le génocide, il veut que la vie continue comme avant, il veut se diriger sans trop de haltes vers l'avenir. Il conseille à un étranger de passage : « Bon, c'est bien d'écouter les survivants, mais il faut écouter les autres pour bien connaître la situation. » Le Tutsi de l'extérieur, qui a vécu pendant le génocide à Bujumbura, ou à Kampala ou à Bruxelles, il ne comprend pas ces commémorations, ces cérémonies de deuil, ces mémoriaux. Il se fatigue de célébrer toujours ça, il ne veut pas que sa conscience le traumatise sans répit. Il ne veut pas regarder la vie en négatif, et ça se comprend. Il préconise au rescapé : « Mon ami, arrête de ruminer, essaie d'oublier, pense à toi maintenant. » Il y en a même qui peuvent dire : « Fais-le au moins pour ceux qui ont été tués », ou des propositions analogues, afin d'oublier. Mais le rescapé, il ne veut pas oublier.

Avec le temps, la mémoire du rescapé se modifie, mais pas pareillement selon les uns et les autres. On oublie certains détails et on mélange d'autres détails. On confond des dates et des endroits. Une personne vous dira une fois qu'elle a reçu des coups de machette, et la fois suivante qu'elle a reçu un coup de massue. C'est seulement une façon différente de se souvenir, de raconter. D'une part on oublie des choses, d'autre part on apprend de nouvelles informations de bouche à oreille.

D'un côté, on n'est plus intéressés à raconter certains événements, d'un autre côté on ose peu à peu à raconter des événements qu'on gardait cachés, comme celui d'avoir été violée ou d'avoir abandonné son bébé dans la course. Des visages d'amis ou de parents s'effacent, mais cela ne veut pas dire qu'on les néglige peu à peu. On n'oublie rien. Moi, il m'arrive de passer plusieurs semaines sans revoir les visages de mon épouse et de mes enfants défunts, alors que j'en rêvais toutes les nuits auparavant. Mais pas un seul jour je n'oublie qu'ils ne sont plus là, qu'ils ont été coupés, qu'on a voulu nous exterminer, que des avoisinants de longue date se sont transformés en animaux en quelques heures. Tous les jours, je prononce le mot « génocide ».

Le rescapé, il ne peut s'empêcher de revenir sur le génocide en permanence. Pour celui qui ne l'a pas vécu, il y a avant, pendant et après le génocide, et c'est la vie qui se poursuit différemment. Pour nous, il y a avant, pendant et après, mais ce sont trois vies différentes, qui se sont séparées à jamais. Même si le rescapé montre une réjouissance à reprendre ses activités et prend par la main un collègue ou une avoisinante pour accélérer de l'avant, il sait qu'il triche en son for intérieur. Plus encore celui qui ne parle que de pardon, d'oubli et consorts.

Chez le rescapé, je crois que quelque chose de mystérieux s'est bloqué au plus profond de son être pendant le génocide. Il sait qu'il ne va jamais savoir quoi. Alors il veut en parler tout le temps. Il y a toujours quelque chose de nouveau à dire et à écouter. Par exemple, quelqu'un qui était à Kibuye et qui raconte comment c'était à Kibuye, et l'autre répond comment c'était à Cyangugu, et ça ne peut jamais finir.

Le rescapé, il a tendance à ne plus se croire réellement vivant, c'est-à-dire celui qu'il était auparavant, et d'une certaine façon, il vit un peu de ça.

Une boutique sur la grand-rue

À Nyamata, le cabaret le plus sympathique n'est pas un cabaret. C'est la boutique de Marie-Louise, en face du marché. Elle se repère à une inscription murale : « Prudence », et jouxte un authentique cabaret, La Fraternité, qui, malgré l'agrément de ses tonnelles, ses fresques exotiques, son ciel étoilé, est aussi déserté que les autres cafés de la ville. La boutique de Marie-Louise est au contraire confinée, entre des murs vert passé, éclairée d'un seul néon le soir, et toujours bondée.

Au fond de la pièce pendent des coupons de magnifiques étoffes rwandaises, dans une palette de tons bleus, ou encore des étoffes congolaises bariolées. Sur les étagères sont empilés Thermos, sacs, sous-vêtements, sachets de riz, cahiers, cadenas… Un haut comptoir vitré expose stylos-billes, piles, shampooings. Un réfrigérateur vibre contre un mur. Aux heures assoupies de l'après-midi, on trouve la maîtresse des lieux assise sur un banc dehors, le regard perdu sur la place ; et le soir, dans un confortable fauteuil derrière son comptoir. Elle montre un visage bienveillant. Elle est vêtue avec une élégance traditionnelle rwandaise, parle d'une voix traînante et suave.

Derrière la porte de la boutique, un canapé, un banc, des tabourets, entourent une table basse. De l'heure de la pause de midi jusque tard dans la nuit, l'endroit ne désemplit pas de buveurs. Un cercle d'intellectuels de la ville se donne rendez-vous ici, ainsi que le groupe de Kayumba, des commerçants et des familiers de la grand-rue. On y retrouve, fidèles entre les fidèles, ceux qui n'envisagent pas une journée sans passer y prendre son verre : Innocent, bien sûr ; Sylvère et Gonzalve, deux directeurs d'écoles ; Benoît, un éleveur, chaussé de bottes et coiffé d'un large feutre de western ; André, le premier substitut très discret et pince-sans-rire ; Tite, la célébrité de la grande équipe de football qui monta en première division, aujourd'hui entraîneur... Il faut ajouter sur la liste Jean, bras droit de Marie-Louise et infatigable chauffeur, et l'inénarrable Englebert, qui, s'il n'existait pas, serait à inventer. Fils d'une grande famille – royale, proclame-t-il parfois à la troisième bière –, haut fonctionnaire érudit et polyglotte à jeun, Englebert s'était enfui de la capitale par peur des massacres et avait rejoint le marais. Depuis, rien ni personne ne parvient à le convaincre de retourner en ville et au bureau. Il vit à mi-temps en ermite dans une masure perdue dans un bois. Quand il n'aide pas à la rédaction de petits projets, rémunéré d'une Primus, il passe l'autre moitié du temps entre la boutique de Marie-Louise (les jours fastes) et les caboulots d'*urwagwa*, à la recherche désespérée d'un passé qui s'éloigne, citant Shakespeare et Baudelaire, jouant non sans drôlerie le rôle du bouffon de la bande ou de l'idiot de village.

Marie-Louise connaît les habitudes de chacun : Primus tiède pour Innocent, Amstel fraîche pour Sylvère, grande Mutzig pour Dominique, petite Mutzig pour Benoît... Elle remplace les bouteilles vides, sert simultanément les clientes ménagères de la boutique, chouchoute un enfant démuni. Elle se mêle aux discussions, sirote son Coca-Cola. Chez elle, on commente les nouvelles de la radio, les derniers potins de la ville, on plaisante beaucoup. Bière après bière, on finit par raconter des histoires du génocide, on se remémore le souvenir d'un souvenir, on rit d'une prouesse ou d'une débâcle. La complicité, l'humour souvent acide, l'impressionnante tolérance des uns envers les autres, entretiennent une atmosphère dont ne peuvent plus se passer les familiers. La boutique de Marie-Louise est aussi l'endroit où l'on partage un verre de deuil ou de baptême, où l'on peut laisser un message.

Pourquoi chez Marie-Louise et pas à La Fraternité? Ou dans le magnifique jardin toujours désert de L'Intzinsi, ou encore au Podium, autant d'endroits chauds autrefois? La première réponse tient à une réaction née au lendemain du génocide. À cette époque-là, la bourgade semblait dévastée par un ouragan. Les rescapés affrontaient la misère, les exilés de retour du Burundi ne trouvaient pas leurs marques et se méfiaient de cette ville dépeuplée et traumatisée. Les Hutus de retour du Congo, eux, n'osaient plus se rendre au centre-ville, par crainte de représailles ou de dénonciations, et se cantonnaient sur leurs collines. Les cabarets restaient silencieux, les terrasses délaissées soulignaient trop ostensiblement l'absence des disparus et des emprisonnés. Les buveurs préférèrent instinctivement se rassembler dans des boutiques, des entrepôts de boissons, des ateliers, autant d'espaces plus intimes, moins hantés, où la bière de surcroît coûte un peu moins cher. Beaucoup se retrouvèrent ainsi chez Marie-Louise, épouse, autrefois, du transporteur le plus prospère de la région.

Cette première réaction est devenue coutume. L'Intzinsi et le bar du centre culturel, jadis prisés des extrémistes, sont abandonnés, malgré les changements de propriétaires. Le

Podium n'a pas rouvert. Le Club ou La Fraternité « n'ambiancent » plus. Seuls des bistrots mornes dans des ruelles retirées, qui proposent du vin aigre de banane à prix très modique, ont retrouvé une clientèle fidèle.

La seconde raison du succès de la boutique de Marie-Louise tient bien sûr à la délicatesse de la patronne : son perpétuel sourire, son attachement à ses hôtes, sa discrétion quand elle efface les ardoises des plus fauchés, quand elle renvoie à la maison un buveur somnolent ou désamorce une dispute d'une boutade. Comme le formule joliment Innocent : pas assez de superlatifs n'ont survécu au génocide pour qualifier la gentillesse de Marie-Louise, que personne n'oserait trahir désormais pour un autre cabaret.

Marie-Louise Kagoyire, 45 ans, commerçante
Nyamata grand-rue

Mes parents étaient des petits cultivateurs-éleveurs. Ils m'ont donné la permission de terminer la première année du cycle secondaire, avant de partir à la recherche d'un mari. Chez nous, les filles se mariaient plus tôt quand les parents n'étaient pas riches.

Un jour, je suis venue visiter une tante maternelle à Nyamata. Sur la grande place, un monsieur m'a repérée et m'a bien aimée. Il s'appelait Léonard Rwerekana, il était déjà un commerçant reconnu. On a commencé à s'échanger des clins d'œil en quelques occasions. Toutefois, dans le temps, il ne fallait pas que la jeune fille accepte quoi que ce soit directement. Il a donc demandé à ma tante de faire l'entremise. Ma tante a insisté auprès de ma famille ; le monsieur a marché une entière journée de soleil pour rendre visite à mes parents ; eux ont dit qu'il ne fallait pas fatiguer plus longtemps un homme qui était venu à pied. Je me suis mariée à dix-neuf ans.

À l'époque, Nyamata était une bourgade de maisons en boue et en tôle. Ce n'est qu'en 1974 qu'on a bâti des habitations en dur. Léonard a construit sa première maison sur notre parcelle, puis un dépôt sur la grand-rue, puis de nouveaux magasins. En 1976, il a acheté une camionnette ; elle était très usée, mais c'était le premier véhicule privé. Puis il a ouvert le cabaret La Fraternité, des restaurants, il a développé le commerce de haricots et de boissons, il a acheté des terres et des vaches. En 1980, il faisait rouler deux camionnettes neuves sur la route, il était le plus important transporteur de la région. Il y avait déjà des jalousies mon-

tantes entre les commerçants tutsis et hutus, parce que les Tutsis prospéraient plus vite que les Hutus. L'une des raisons est que ces derniers venaient de Gitarama sans connaître de clientèle à Nyamata. Une autre raison est que les Tutsis gardaient leurs commis cinq ou six ans, jusqu'à ce qu'ils puissent ouvrir un petit commerce à leur compte, au contraire des Hutus qui ne cessaient de les changer. Mais le plus important, c'est que les Tutsis travaillaient avec leurs stocks et n'empruntaient jamais d'argent à personne.

Le jour de la chute de l'avion, les Tutsis qui habitaient au centre-ville ne devaient plus sortir. Beaucoup de gens étaient venus se protéger derrière l'enceinte en dur de notre maison. Léonard avait connu plusieurs massacres dans sa jeunesse, il comprenait que cette fois la situation était bouleversée et il conseillait aux jeunes gens de se dérober sur Kayumba. Mais lui ne voulait plus fuir, il disait que ses jambes avaient déjà assez couru comme ça.

Le matin du 11 avril, le premier jour des massacres, les *interahamwe* se sont présentés en grand bruit immédiatement devant notre portail. Léonard a pris les clefs pour leur ouvrir sans les impatienter, car il pensait qu'il pourrait sauver les enfants et les femmes. Un militaire l'a abattu d'un coup de fusil avant de prononcer un premier mot. Les *interahamwe* sont entrés en masse dans la cour, ils ont attrapé tous les enfants qu'ils pouvaient, ils les ont mis en rangs, ils les ont allongés par terre, ils ont commencé à les couper. Ils ont même tué un garçon hutu, le fils d'un colonel qui se baladait là avec ses copains. Moi, j'avais réussi à contourner la maison avec ma belle-maman et nous nous sommes allongées derrière des piles de pneus. Les tueurs se sont arrêtés avant la fin, parce qu'ils étaient trop pressés de piller. Nous, on les entendait. Ils montaient dans les voitures, les camionnettes, ils chargeaient les caisses de Primus, ils se disputaient les meubles et toutes choses ; ils fouillaient sous les lits après l'argent.

Le soir, la belle-maman est sortie de la cachette et s'est assise devant les pneus. Des jeunes l'ont remarquée et lui ont demandé : « Maman, qu'est-ce que tu fais ici ? » Elle a répondu : « Je ne fais plus rien, puisque je suis dorénavant seule. » Ils l'ont prise, ils l'ont coupée, ils ont emporté ce qui restait dans les chambres et le salon. Ils ont allumé le feu, c'est ainsi qu'ils m'ont oubliée.

Dans la cour, il y avait un enfant qui n'avait pas été tué. Alors, j'ai posé une échelle sur l'enceinte mitoyenne, j'ai grimpé avec l'enfant pour sauter chez mon voisin Florient. Sa cour était vide. J'ai caché l'enfant dans le dépôt de bûches et je me suis blottie dans la cabane du chien. Le troisième matin, j'ai entendu des bruits de pas et j'ai repéré mon voisin, je suis sortie. Le voisin s'est exclamé : « Marie-Louise, ils tuent tout le monde en ville, ta maison est brûlée, et toi tu es là ? Mais maintenant qu'est-ce que je peux faire pour toi ? » Je lui dis : « Florient, fais ça pour moi, tue-moi. Mais ne m'expose pas aux *interahamwe* qui vont me déshabiller et me couper. »

Ce monsieur Florient était un Hutu. Il était le chef des renseignements militaires du Bugesera, mais il avait construit sa maison sur notre parcelle et, avant la guerre, on se parlait gentiment, on se partageait les bons moments, nos enfants se promenaient dans les cours sans plus de distinction. Alors, il nous a enfermés chez lui, l'enfant et moi, il nous a donné à manger et il a quitté. Le lendemain, il m'a prévenue : « Marie-Louise, ils vérifient les cadavres en ville, ils ne trouvent pas ton visage et ils te cherchent. Il faut que tu quittes ici, parce que s'ils t'attrapent chez moi, ils vont me pénaliser à mon tour de la vie. »

Il nous a emmenés, de nuit, chez une connaissance hutue qui dissimulait un petit nombre de Tutsis de connaissance. Un jour, les *interahamwe* sont venus frapper à sa porte pour inspecter la maison. La dame est allée parler avec eux, elle est revenue, elle a dit : « Est-ce qu'il y a quelqu'un qui a de l'argent avec lui ? » Je lui ai donné une liasse de billets que j'avais emportée dans mon pagne. Elle a gardé une petite somme pour elle, elle est retournée vers les *interahamwe*, qui s'en sont allés. Tous les jours, la négociation recommençait, et la femme devenait très nerveuse. Un jour le monsieur Florient m'a avertie : « Marie-Louise, les jeunes gens te veulent trop fort en ville, tu dois quitter. » Je lui ai répété : « Florient, tu as le matériel, tue-moi, je veux mourir dans une maison. Ne m'expose pas entre les mains des *interahamwe*. » Il a dit : « Je ne vais pas tuer l'amie de ma femme. Si je trouve un véhicule, est-ce que tu auras de l'argent pour payer ? » Je lui ai donné un nouveau rouleau de billets, il a compté et il a dit : « Ça, c'est quelque chose, ils devraient accepter. » Il est revenu et il a proposé : « On va te mettre dans un sac et t'emmener dans la forêt, ensuite tu te débrouilleras. » Il a aussitôt demandé : « Les *interahamwe* ont pillé ta maison, les militaires vont partir avec de l'argent, et moi qui te sauve je vais sortir sans rien, est-ce bien normal ? » Alors je lui ai dit : « Florient, j'ai deux villas à Kigali, prends-les. Le magasin dans la rue, je te le laisse. Je vais te signer sur papier des procurations pour la totalité. Mais je veux que tu m'accompagnes vers le Burundi. »

On est partis. Moi, couchée dans la camionnette militaire entre le chauffeur et Florient. J'ai d'abord séjourné dans son pavillon au camp militaire de Gako. On m'a enfermée à clef dans une chambre. Quand tout le monde dormait, quelqu'un m'apportait à manger. Je n'avais qu'un pagne sur moi. Ça a duré des semaines, je ne sais plus combien de temps. Une nuit, un ami de Florient est entré. Il a expliqué : « Les *inkotanyi* approchent à vive allure, on va évacuer la caserne. C'est trop tiraillant de te garder, je dois t'emmener. » Il m'a fait monter dans un camion qui livrait des sacs au front. On a roulé – à notre passage toutes les barrières s'ouvraient –, on a pénétré dans une forêt obscure, le chauffeur a stoppé sous les arbres. Je frissonnais et je lui ai dit : « Bon, je n'ai plus rien. C'est à mon tour de mourir. Du moment que ça ne dure pas, ça va. » Il a répondu : « Marie-Louise, je ne vais pas te tuer ici, parce que je travaille au service de Florient. Trace ton chemin droit, ne t'arrête jamais. Au bout de la forêt, tu vas poser la main sur la barrière du Burundi et sur la délivrance. » J'ai marché, je suis tombée, j'ai rampé sur les mains. Quand je suis arrivée à la barrière, j'ai entendu des voix qui appelaient dans le noir, je me suis endormie.

Plus tard, un associé burundais de mon mari est venu me chercher en camionnette dans un camp de réfugiés. Quand il m'a regardée, il ne m'a pas reconnue. Il ne voulait même pas croire que j'étais l'épouse de Léonard. J'avais perdu vingt kilos, j'étais vêtue d'un pagne en toile de sac, j'avais les pieds gonflés, des poux plein la tête.

Maintenant, le monsieur Florient attend son procès au pénitencier de Rilima. Il était officier. Il partait le matin et revenait le soir avec des histoires de ce qui se tuait en ville. J'avais vu dans le couloir des piles de haches et de machettes neuves. Il a dépensé mon argent, il a pillé mes stocks. Malgré cela, jamais je n'irai l'accuser de rien au tribunal, parce que, quand tout le monde ne pensait qu'à tuer, il a préservé une vie.

Je suis revenue à Nyamata à la fin du génocide, en juillet. Plus personne dans ma famille à Mugesera, plus personne dans ma famille à Nyamata, les avoisinants tués, le dépôt pillé, les camions volés. J'avais tout perdu, j'étais indifférente à l'existence. Nyamata était très désolée, puisque toutes les toitures, toutes les portes et fenêtres avaient été démontées. Mais c'est surtout le temps qui semblait cassé dans la ville. Il semblait s'être arrêté pour toujours, ou au contraire avoir filé trop vite pendant notre absence. Je veux dire qu'on ne savait plus quand tout ça avait commencé, du nombre de nuits et de jours que ça avait duré, en quelle saison on était, et finalement on s'en fichait vraiment. Les enfants allaient capturer des poules dans les taillis ; on commençait à manger de la viande, on se mettait à réparer, on essayait de retrouver au moins quelques habitudes. On était désormais préoccupés de la présente journée, on la passait à trouver des compagnies d'amis avec qui passer la nuit, pour ne pas risquer de mourir abandonnés dans un cauchemar.

Un matin, des amis sont venus avec une somme d'argent, ils m'ont dit : « Marie-Louise, prends ça. Toi tu t'étais habituée au marchandage, pas nous ; il faut que tu recommences le commerce. » J'ai fait mettre une porte à la boutique ; le métier est revenu, mais l'espoir s'en était allé. Autrefois, la prospérité me tendait les bras. Léonard et moi, on allait de programme en programme, on était bien, on était aimés et considérés. Maintenant je regarde toute la vie de façon funeste, je guette des petits et grands dangers partout. Je n'ai plus celui qui m'aimait, je ne trouve plus personne pour m'épauler.

À la boutique, les clients me racontent comment ils ont survécu. Le soir, j'entends les connaissances qui discutent des massacres. Et je ne comprends toujours rien de rien. Avec les Hutus, on faisait des partages, des parrainages, des mariages, et les voilà tout à coup chassant comme l'animal sauvage. Je ne crois pas à l'explication de la jalousie, parce que personne n'a jamais écrasé des enfants à coups de massue, en rang dans une cour, par jalousie. Je ne crois pas à cette histoire de beauté et au sentiment d'infériorité. Dans les collines, les femmes tutsies et hutues étaient boueuses et abîmées pareillement par les champs ; dans la ville, les enfants hutus et tutsis étaient beaux et souriants pareillement.

Les Hutus avaient la chance de monopoliser toutes les faveurs et les bonnes places de l'État, ils obtenaient de bonnes récoltes parce qu'ils cultivaient très bien, ils ouvraient des commerces rentables, au moins pour le détail. On topait des affaires en bonne entente, on leur prêtait de l'argent ; et ils ont décidé de nous découper.

Ils voulaient tellement nous éliminer qu'ils avaient la manie de brûler nos albums de photos pendant les pillages, de sorte que les morts n'aient même plus l'opportunité d'avoir existé. Pour plus de sécurité, ils voulaient tuer les gens et leurs souvenirs, et en tout cas tuer les souvenirs quand ils ne pouvaient pas attraper les gens. Ils travaillaient à notre disparition et à la disparition des marques de leur travail, si je puis dire. Aujourd'hui, beaucoup de rescapés ne disposent plus d'une seule petite photo de leur maman, de leurs enfants, de leurs baptême ou mariage pour étendre avec une image un peu de douceur sur leur nostalgie.

Moi, je vois que la haine du génocide réside uniquement dans l'appartenance à une ethnie. Dans rien d'autre, tels des sentiments de peur ou de frustration et consorts. Mais l'origine de cette haine m'est encore bien cachée. Le pourquoi de la haine et du génocide, il ne faut pas le demander aux rescapés, c'est trop difficile pour eux de répondre. C'est même trop délicat. Il faut les laisser en parler entre eux. Il faut le demander aux Hutus.

Quelquefois, des femmes hutues reviennent chez moi chercher du travail sur les parcelles. Je parle avec elles, j'essaie de leur demander pourquoi ils ont voulu nous tuer sans jamais se plaindre de rien auparavant. Mais elles ne veulent pas entendre. Elles répètent qu'elles n'ont rien fait, qu'elles n'ont rien vu, que leurs hommes n'étaient pas des *interahamwe*, que ce sont les autorités qui sont fautives de ce qui s'est passé. Elles disent que les avoisinants ont été forcés de couper par les *interahamwe*, sinon ils allaient être tués à leur place ; et elles se contentent de ça. Je me dis : « Ces Hutus ont tué sans trembler et maintenant ils se dérobent face à des discussions de vérité, ça ne convient pas. » Raison pour laquelle je ne suis pas sûre que ça ne puisse pas recommencer un jour.

Tout le monde est sorti très perdant du génocide : les Tutsis, les Hutus, les survivants, les *interahamwe*, les commerçants, les cultivateurs, les familles, les enfants, tous les Rwandais. Peut-être même les étrangers et les Blancs qui ne voulaient rien voir de ce qui se passait et qui ont éprouvé une tardive pitié.

Je pense par ailleurs que les étrangers montrent habituellement une pitié trop comparable envers des gens qui ont subi des malheurs non comparables, comme si la pitié était plus importante que le malheur. Je crois aussi que les étrangers ne pourraient surmonter leur pitié, s'ils regardaient de près ce que nous avons souffert pendant le génocide. C'est peut-être pour cela qu'ils regardent de loin. Mais cela semble du passé.

Plus important est que la vie s'est brisée ici, que la richesse est gâchée, que plus personne ne fait attention à son avoisinant, que les gens deviennent tristes ou méchants pour des riens, que les gens n'attachent plus d'importance à la gentillesse comme auparavant, que les hommes sont accablés, que les femmes sont découragées. Que cela est très inquiétant.

Entre nous, on ne se lasse pas de parler de cette situation d'après génocide. On se raconte des moments, on s'échange des explications, on se taquine et, si quelqu'un se fâche, on le blague gentiment pour le ramener à nous. Mais montrer notre cœur à un étranger, parler de ce que nous ressentons, mettre à nu nos sentiments de rescapés, ça nous choque au-delà d'une limite. Quand l'échange des mots devient trop carré, comme en ce moment avec vous, il faut marquer un point final.

Le pénitencier de Rilima

Une cordelette tendue entre deux acacias, veillée par un gardien à califourchon sur une chaise, signale l'aire du pénitencier de Rilima. Cette nonchalance ne doit pas leurrer, aucun candidat à l'évasion n'est jamais sorti de la forêt, ni du lac Kidogo proche.

Autrefois prison centrale, le pénitencier enferme aujourd'hui plus de huit mille prisonniers, soupçonnés ou condamnés pour leur participation au génocide, dans la région du Bugesera, essentiellement dans la commune de Nyamata. Les baraques des gardiens et de l'administration sont alignées à l'ombre. Une piste descend vers un lac, sur laquelle va et vient un incessant cortège de porteurs de bidons en uniforme rose, qui accomplissent les corvées d'eau. Près du rivage, des privilégiés se lavent ou lessivent du linge.

La muraille de la bâtisse carcérale, sans mirador ni rouleaux barbelés, domine un monticule. Un portail de fer orange, entrouvert, laisse se glisser les prisonniers autorisés à sortir. À cinquante mètres de cette porte, on est saisi, à la fois par le vacarme des orchestres qui rivalisent de rythmes et de chants, et par une suffocante odeur de transpiration, sans doute aussi de tambouille et d'immondices. Un seul regard à travers l'ouverture permet de deviner l'indescriptible promiscuité qui règne à l'intérieur des murs.

Trois bâtiments sont occupés par les prisonniers, un quatrième par les prisonnières. Cependant, parce que la population carcérale a décuplé depuis la nouvelle utilisation du pénitencier, les prisonniers logent où ils peuvent. Certains sont entassés dans des baraques et dans des cachots. La majorité s'installe dans la cour, serrés, épaule contre épaule, qui sous le soleil, qui à l'abri de plaques de tôle et de feuilles de plastique. C'est au milieu de cette cohue que les prisonniers, tous vêtus d'uniformes roses, préparent leurs repas dans d'énormes chaudrons, étendent le linge, tapent sur les tambours, organisent les réunions politiques et religieuses, sous l'égide d'anciens chefs et personnalités politiques, ou de prêtres. C'est dans cette bousculade que les entêtés se disputent l'espace pour tisser, forger, jouer aux cartes ou aux pions, parier et se bagarrer à l'occasion, dormir ou se morfondre. On voit des visages graves, tristes, peut-être désespérés ou haineux ; d'autres fatalistes, joviaux et cordiaux.

Si aucun d'eux n'échappe à la promiscuité – aggravée par la canicule ou les averses –, les différents prisonniers sont soumis à des régimes disciplinaires divers. Ceux qui sont passés aux aveux – plus de deux mille – ainsi que ceux qui sont soupçonnés de délits secondaires sont protégés dans un bâtiment à part et circulent plus librement. Ils jardinent près des pavillons de l'administration, réparent les voitures, jouent au football sur un terrain à l'extérieur, discutent sous les arbres. La plupart de ceux qui attendent leur procès traînent dans la foule de la cour. Certains partent à l'aube en camion cultiver les soixante-douze hectares de champs, domaine du pénitencier. Les condamnés à mort ou à de longues peines de prison attendent derrière les barreaux. Eux décrivent le pénitencier comme un « enfer sur terre », pour reprendre l'expression d'un des leurs.

À l'image de toutes les prisons de tueurs du génocide, celle de Rilima est soumise à une double autorité. Celle des gardiens, absents de la cour du pénitencier, qui en quadrillent la périphérie. Celle d'une mafia locale, aux mains d'anciens chefs *interahamwe* ou idéologues non repentants du génocide, qui ont reconduit à l'intérieur la hiérarchie des milices et des partis extrémistes, et qui commandent les bâtiments, organisent entraînements et festivités, supervisent les donations, règlent les conflits, conseillent les dossiers de défense avant les procès.

Les parents des prisonniers ont un droit de visite, sans autorisation préalable du parquet ou de l'administration pénitentiaire, de deux ou trois minutes. Ils entrent par vagues de deux à trois cents, déposent de la nourriture ou des vêtements, échangent quelques mots et ressortent. La Croix-Rouge internationale inspecte tout le territoire pénitentiaire. En contrepartie, elle prend en charge, pour une période limitée, le gros des fournitures (bidons, bassines, matelas), des médicaments et des victuailles, sans quoi ce pénitencier deviendrait un « enfer sur terre » pour tous les prisonniers.

Curieusement les Hutus, villageois ou citadins, qu'ils avouent ou nient des crimes, qu'ils se sentent ou non coupables, parleraient presque plus librement des tueries dans les prisons que chez eux. Sans doute parce qu'ils ne se sentent plus en sécurité sur les collines, sous la menace d'une dénonciation ou d'une interpellation parfois arbitraire. Sur le territoire de Nyamata, deux habitants sur trois d'origine hutue sont retournés chez eux, sur leurs parcelles. Ceux qui manquent, principalement des hommes, ont été tués pendant la guerre, ou ne sont pas revenus du Congo ou ont préféré retourner dans leur commune natale, loin des regards de leurs voisins rescapés, à moins qu'ils ne soient en prison à Rilima.

Hormis dans les écoles, où les enfants partagent les bancs, hormis sur le marché, parce qu'il le faut bien, à l'église le dimanche, ou lors de quelque veillée funèbre, les Hutus et Tutsis évitent désormais de se fréquenter. Sur les collines, les familles hutues accueillent un étranger avec une hospitalité pleine de gentillesse, mais timide et inquiète. Et dès que l'on aborde, au cours de la conversation, la période du génocide, un voile de silence tombe sur leurs souvenirs, y compris chez ceux qui ont été innocentés par les témoignages de leurs voisins tutsis.

Un jour, sur la colline de Maranyundo, sur un versant peuplé de familles hutues, une jeune femme, rencontrée par hasard, fait exception à cette règle du silence. D'emblée elle se montre confiante et volubile. Elle accepte de parler de sa famille, de son village hutu, de sa jeunesse, de son existence de cultivatrice. Puis, curieusement, à l'évocation du génocide, elle ne se crispe pas et ne tente pas de changer de conversation. Au contraire, sans hésitation, elle retrace les événements avec le recul d'une spectatrice encore choquée par ce qu'elle a vu, décrit les réactions de ses voisins, elle raconte sa terreur des *interahamwe*, puis sa fuite irréfléchie, le grand exode dans la foule hutue, la longue route à travers le pays en guerre, les camps du Congo, le retour, son avenir.

Elle s'appelle Christine Nyiransabimana. Avec sa mère et ses deux frères, elle cultive une parcelle familiale. Elle est mère célibataire d'un garçon, non désiré mais choyé, comme elle l'explique elle-même, et de filles jumelles très désirées. Un sourire franc et très sympathique éclaire en permanence son visage. Elle porte un regard clairvoyant sur les siens. À la première visite, elle fait à peine allusion à l'assassinat de son père, sans aucune précision. À la deuxième visite seulement, elle révèle, avec une énigmatique réticence, pourquoi son père a été assassiné.

Christine Nyiransabimana, 22 ans, cultivatrice
Colline de Maranyundo

Je suis venue dans la région en 1980, dans des arrivages de compatriotes hutus, parce que mes parents maigrissaient sur une terre trop croûteuse à Kibuye. Beaucoup de Tutsis accaparaient déjà le Bugesera, mais on distribuait encore des parcelles neuves aux Hutus.

Au moment de la guerre, j'étais en cinquième année de primaire. À cette époque, on voyait sur la colline de plus en plus de jeunes hommes aux visages malveillants, qui n'étaient pas tous de la région. Ils entraient sans se nommer dans les maisons des Hutus pour se rassasier de nos marmites. Quand ces *interahamwe* ont attaqué l'église de Nyamata, il s'est formé une petite foule autour, qui regardait la tuerie. On écoutait le bruit des coups, les encouragements, on écoutait la peur de ceux qui allaient être coupés ; on voyait les jeunes gens qui se bousculaient pour dérober les biens des tués ou piller les chambres des abbés.

On a regardé les Caterpillar enfouir les malheureux, pareils à des ordures, dans une grande trouée. Il se disait, dans les rangs, que certains morts n'avaient pas fini de rendre l'haleine ; mais l'objectif des criminels semblait de terminer l'enterrement dans l'après-midi. Le soir, ils sont partis manger, mais l'église restait entourée de sentinelles vigilantes. Au-dedans, les gens ont attendu toute la nuit ; ceux qui devaient mourir de leurs blessures ont attendu la mort.

Les *interahamwe* sont revenus vers 9 heures du matin et ils ont recommencé à frapper et à transpercer les gens qui continuaient à vivre. C'était une sorte de spectacle de deux jours. Beaucoup de spectateurs se montraient contents de voir mourir les Tutsis, ils criaient : « C'est fini, les Tutsis ! Débarrassons-nous des cancrelats ! » Je peux dire aussi qu'un grand nombre de gens étaient très indignés de les voir tuer et brûler si méchamment. Mais c'était très dangereux de prononcer plus que des murmures de protestation, car les *interahamwe* tuaient, sans cafouillage, les Hutus en bonne entente avec les Tutsis de leur voisinage. Ça aussi, c'est une vérité : dans la foule autour de l'église, ceux qui n'étaient pas excités étaient très apeurés.

Le second soir, des *interahamwe* de retour de l'église se sont présentés à la maison, ils ont coupé papa à la machette, devant maman et les avoisinants. Papa se nommait François Sayinzoga, il était tutsi.

Dans mon secteur, et à Nyamata centre, j'ai vu beaucoup de Hutus de relation et de voisinage tuer les Tutsis chaque jour du génocide, derrière les *interahamwe* ou les militaires. Chemin faisant le soir, ces cultivateurs échangeaient des vantardises sur leur travail dans les marais, ou dans les forêts. Ils s'asseyaient sur les chaises devant les habitations ; les femmes préparaient la viande puisqu'ils abattaient les vaches en même temps que les Tutsis. Ils achetaient la boisson, parce qu'ils braconnaient des sommes d'argent sur les morts. Et quand ils se trouvaient le ventre à l'aise, ils se racontaient leur journée, c'est-à-dire combien ils en avaient tué. Ils faisaient des concours. Il y en a qui disaient en avoir tué deux, les autres dix. Ceux qui ne tuaient pas faisaient semblant d'avoir tué, pour ne pas être menacés à leur tour. Je peux dire que tout le monde avait le devoir de tuer. C'était une politique très bien organisée.

Tous les matins, les gens devaient se présenter à leur chef de groupe. À Maranyundo, le chef, prénommé Vincent, se faisait surnommer Goliath. C'est auprès de lui que les gens prenaient les commandes, les itinéraires, les recommandations pour la journée. Ou bien ils allaient, ou bien ils étaient tués. Ils pouvaient bien feindre, paresser loin à l'arrière et revenir le soir sans avoir sali la machette, mais ils devaient se montrer derrière le groupe. Celui qui marchait sans rien faire pendant la journée, il ne devait rien piller. Celui qui prétendait qu'il avait trop de terre à semer sur sa parcelle et qui se cherchait des excuses, il pouvait être fusillé en passant.

Raison pour laquelle, aussi, les cultivateurs n'enterraient pas leurs victimes. Quand ils nommaient les Tutsis qu'ils avaient coupés dans la journée, s'ils étaient soupçonnés de tricherie, ils devaient guider les *interahamwe* et leur montrer les cadavres. Moi, je crois que celui qui était obligé de tuer un jour, il voulait que le lendemain son avoisinant soit obligé à son tour, pour être regardé pareillement.

Nous, on se sentait fautifs de vivre au milieu de cet acharnement de sang ; et on était vraiment très alarmés par la mort de papa. Donc, on continuait de gratter les champs en silence.

Les hommes avaient commencé à discuter de massacres dans les cabarets en 1992. Après les premiers meetings des partis avaient surgi des comités *interahamwe* dans les communes, et le courant n'était plus passé entre nous. Le président, sur la commune de Nyamata, se prénommait Joseph-Désiré. Il parcourait les logis de Hutus, il leur fournissait des explications sur les menaces des *inkotanyi* de l'Ouganda, il vérifiait que les outils étaient bien aiguisés, derrière les sacs de haricots. Quand les Hutus se partageaient des boissons après les discussions politiques, ils appelaient les Tutsis « les vers », ou indifféremment « les cancrelats ». Les radios devenaient très menaçantes. Chez nous, papa et mes frères ne se mêlaient pas de causeries qui embrasaient les méprises, car ils se méfiaient des regards venimeux. On évitait les *interahamwe*, on se contentait de nos proches avoisinants, avec qui on se côtoyait depuis toujours. On puisait l'eau ensemble, on s'échangeait du feu, on se partageait quelquefois la bière, on ne se renvoyait jamais de paroles politiques.

Dans la région, on habitait par ordre d'arrivée. Ceux qui venaient telle année prenaient telle colline ; ceux qui les suivaient, allaient sur la colline de derrière. Ça ne facilitait pas les emmêlements entre ethnies. Quand on ne se fréquente pas, on ne s'apprécie pas valablement pour se marier. Voilà pourquoi on n'allait pas s'enquérir de mariages chez les autres. Papa et maman, eux, s'étaient rencontrés à Kibuye, avant de voyager jusqu'ici.

C'est une autre vérité d'importance : les *interahamwe* ont voulu tuer tous les Tutsis mariés à des Hutus, et même des Hutus paisibles mêlés aux Tutsis. Après la mort de papa, des avoisinants me jetaient des menaces parce que j'avais du sang tutsi. Moi, je me considérais comme hutue pour ne pas être tuée, mais j'avais peur. Alors, je me suis enfuie avec un Hutu à Kigali, laissant maman et mes frères à la maison.

À la fin des grandes pluies, quand les fusils du FPR se sont mis à crépiter aux abords de Kigali, on a senti que la guerre nous mettait la main dessus. Des tueurs *interahamwe* sont venus piller la maison, ils ont emporté tous les ustensiles et les meubles dans leur débandade. Des malfaiteurs, qui avaient bu des bières, m'ont forcée sur le lit et m'ont laissé un bébé dans le bas-ventre. C'était en mai, je crois bien. Un grand désordre s'étendait partout. Les fuyards dévalaient de tous côtés, ils criaient à la mort et à la panique. Toutes ces courses éperdues brûlaient les esprits. Alors, j'ai revêtu deux pagnes superposés et un chandail, et je me suis précipitée sans réfléchir dans la mêlée sauve-qui-peut. Nous avons marché au moins six semaines, sans un arrêt, à cause de on-dit alarmants.

Tout le long du chemin, sur notre passage, on disait qu'une menace mortelle courait à nos trousses et ne devait pas nous rattraper. Ceux qui avaient caché de l'argent montaient sur des véhicules, les démunis marchaient. On se vidait, les jambes et les pieds gonflaient, les plus faibles se laissaient tomber sur les bas-côtés et mouraient, les autres allaient de l'avant à cause des mauvais dires. Il se répétait beaucoup que les militaires de l'Ouganda allaient venger leurs frères rwandais et que le mauvais sort avait changé de camp. On mangeait des bananes et du manioc qu'on maraudait dans les champs, on essayait de chauffer la soupe de feuilles. On dormait à terre. On était enveloppés de la peur et de la honte tout simplement.

Partout, c'était le même chaos. Nous avons fait une escale considérable à Gisenyi en juin, puis nous avons battu retraite vers le Congo. Il y avait beaucoup de Blancs sur les routes pour nous regarder passer. On était des fuyards, on était très malmenés, et ça leur suffisait. J'ai été dirigée dans le camp de Mugunga, à quelque dix kilomètres de Goma, où j'ai duré deux ans.

Dans le camp, les uns allaient ramasser le bois, les autres faisaient cuire la boule ; ceux qui avaient sauvé des économies faisaient le commerce. Moi, j'allais à pied à Goma faire la lessive dans les habitations des Congolais ou gratter la terre dans les jardins et recueillir des bananes et du manioc en guise de récompense. Au début, les Congolais nous regardaient avec tendresse, mais peu à peu ils se sont endurcis. La vie est devenue très chagrine.

J'ai accouché seule, sous une tente étrangère, sans aucune vieille maman pour me tenir la main, sans aucune connaissance pour me préparer la bouillie. Je suis restée bien portante avec le bébé, mais je mangeais péniblement. J'étais trop déçue par ce qui arrivait. Le soir, auprès du feu, j'avais une très grande nostalgie de la parcelle familiale de Maranyundo. Je languissais de rentrer, mais les *interahamwe* propageaient des menaces dans le camp. On croyait toujours qu'on allait être assaillis de tous côtés, à cause du mal que les *interahamwe* et les militaires avaient fait.

En novembre 1997, les fusils des *banyamulinge* nous ont chassés du camp. On nomme *banyamulinge* les Tutsis du Congo. C'était de bon matin dans le brouillard ; une belle débandade s'en est suivie. J'ai marché des jours durant à la suite d'un cortège dans les montagnes du Masisi. On fuyait en s'enfonçant dans la frayeur, sans se connaître et sans idée de notre orientation. Ensuite, des *banyamulinge* ont encerclé notre file au bout de leurs fusils. Un militaire m'a convaincue que le calme m'attendait au Rwanda, puisque je n'avais pas tué, et que j'allais retrouver l'entente d'auparavant dans ma maison et dans les champs.

Alors, j'ai marché à pied dans le sens inverse, en compagnie d'un voyageur de hasard. Sur la route du retour, personne ne parlait à personne, j'ai traversé le pays sans une parole. J'ai été questionnée à la commune. Quand j'ai vu maman et mes frères vivants, j'ai ressenti enfin ma première espérance. Eux étaient revenus depuis fort longtemps, puisqu'ils n'avaient même pas poursuivi jusqu'au Congo. Ils m'ont emmenée en grande joie directement à la maison.

La mort n'avait pas encore été remplacée sur les parcelles abandonnées. J'avais grand-honte d'être regardée comme une Hutue, comme si j'étais semblable à ceux qui avaient tant massacré. Encore aujourd'hui, le même rêve m'attrape dans mon sommeil. Nous sommes en fuite vers le Congo, nous traversons un champ recouvert de cadavres, au nord de Kigali, j'enjambe des cadavres, mais il s'en présente toujours devant moi, je continue d'enjamber des cadavres et ça n'en finit pas, je n'arrête pas de marcher par-dessus les cadavres sans parvenir à quitter le champ. Alors je me réveille et je parle avec maman, elle me parle sans réveiller les enfants. Nous évoquons nos tracas vécus séparément, puis un sommeil réconfortant nous prend.

Au début, quand j'allais au marché, je croisais des yeux durs et j'entendais des réprimandes sur mon passage. Les femmes tutsies qui pleuraient leurs familles et les femmes hutues qui craignaient qu'on dénonce les méfaits de leurs maris. Peu à peu, elles se sont éteintes, mais nous traînons encore une vilaine renommée et j'en souffre beaucoup. Je me sens même inquiète de cela, car beaucoup de femmes hutues ont trempé leurs mains dans le sang du génocide. Les hommes sont plus portés à se tuer et à se réconcilier que les femmes. Ils oublient plus rapidement, ils partagent plus facilement les tueries et les boissons. Les femmes, elles, ne cèdent pas pareillement, elles gardent plus de souvenirs.

Mais je connais aussi des femmes de bien, hutues, qui n'osent pas présenter de la compassion pour ce que leurs avoisinants ont fait, de crainte d'être accusées à leur tour. Je sais que la vie ne sera plus calme comme auparavant ; toutefois, quand le manger est bon, quand les enfants dorment bien, quand on se sent apaisée, on oublie la mélancolie un petit moment.

Il y a une guerre quand des autorités veulent renverser d'autres autorités pour se servir à leur place. Un génocide, c'est une ethnie qui veut enterrer une autre ethnie. Le génocide surpasse la guerre, parce que l'intention dure pour toujours, même si elle n'est pas couronnée de succès. Au Rwanda, il y avait seulement deux ethnies. Les Hutus ont donc pensé que ce serait plus commode de rester seuls à cultiver les champs et à faire les marchandages. Ils voyaient un avenir plus à l'aise entre eux. Je crois que l'ignorance et la gourmandise sont à l'origine du désastre. Ce ne sont pas seulement les Blancs qui ont professé aux Hutus l'envie et la crainte des Tutsis, le président Habyarimana et son épouse Agathe aussi, qui ne se lassaient jamais de richesses.

Au Rwanda, nous sommes tous noirâtres de la même manière, nous mangeons des haricots rouges de même graine, le sorgho en même saison, nous chantons des cantiques ensemble dans les églises. Les Hutus et les Tutsis ne sont pas très différents. Toutefois, un Hutu reconnaît aisément un Tutsi s'il veut le trouver. Tu commences par la taille, mais tu peux te tromper, car il n'est plus élancé comme avant. Tu regardes donc le visage. L'expression du Tutsi est polie, d'une certaine façon, ses paroles sont douces. Même s'il creuse une parcelle de misère, le ventre creux, les habits en haillons, le Tutsi se sent toujours plus bourgeois, parce qu'il descend d'une ethnie d'éleveurs. Les Tutsis sont souvent d'allure raide, si je puis dire, quand ils marchent et même quand ils se saluent. Ils aiment s'accompagner d'un bâton.

Le Hutu ne comprend pas les vaches, il n'aime pas s'efforcer pour les vaches. Il ne célèbre pas les fêtes de la même façon. Le Hutu aime bien travailler, manger bon et s'amuser. Le Hutu ne pense pas à mal s'il n'est pas poussé. Il se sent vite à l'aise. Il est plus familier ou rustique, en quelque sorte, plus gai, plus joyeux. Il est plus naturel avec les choses et moins soucieux des difficultés. Il n'est ni méchant ni rancunier de nature.

La vérité est que les Hutus aimaient trop leur président. Quand il est mort, ils n'ont pas pris le temps de s'attabler autour d'un verre ; de parler, de pleurer, de veiller et de consommer ensemble le deuil à notre manière rwandaise. C'était un manquement très grave de s'élancer tout de suite sur les chemins en criant des menaces. Trop de radios secouaient les esprits, comme je vous l'ai dit, trop de grands hommes chauffaient les petites gens. C'était préparé depuis longtemps. Alors, au signal, les cultivateurs ont commencé à tuer et à chaparder, et ils ont pris goût à ces nouvelles activités.

Je répète aussi qu'ils y étaient obligés. S'ils cherchaient des excuses ou des prétextes à travailler sans se mêler de rien, ils pouvaient bien être tués sur leurs parcelles par des avoisinants. Sur la colline, je connais bien des Hutus qui n'ont jamais coupé ; mais aucun qui n'ait pas participé aux poursuites ; sauf ceux qui se sont enfuis pareils à des Tutsis.

Je connais des Hutus qui reconnaissent leurs fautes et acceptent d'être punis. Des Hutus qui nient tout et pensent qu'on va perdre les traces de leurs tueries. D'autres croient vraiment qu'ils n'ont pas tué, même si des gens les ont croisés, une lame rouge à la main : ils sont devenus fous de leur folie. D'autres ne pèsent pas ce qu'ils ont fait, comme s'ils avaient commis une bêtise en cachette et puis c'est tout. Un jour, maman va au procès d'un des assassins de papa, un avoisinant. Il croise maman dans le couloir du tribunal, il lui dit bonjour gentiment, il demande des nouvelles de la famille, des pluies, de la parcelle, il dit au revoir et retourne en prison comme s'il rentrait chez lui. Maman est restée bouche bée avant de pleurer.

Désormais, il est impossible de tracer une ligne de vérité dans ce que nous avons fait. Moi, je vois que le Mal nous est tombé dessus et que nous avons tendu les bras. Maintenant, je vis de la houe du lundi au samedi. Le dimanche, je me repose et j'ai la nostalgie d'auparavant. Je vois que je ne me suis pas mariée à cause de tout ça. Je le regrette beaucoup. J'ai attrapé des enfants de passage, comme je vous l'ai expliqué. Je ne rencontre plus vraiment de petits problèmes avec les avoisinants. On se vend des marchandises, on se dit bonjour, voilà tout.

J'espère que le temps nous offrira de l'aide pour nettoyer les souillures. Si les Hutus essaient de dire la vérité à voix haute, de proposer une entraide, d'aller vers les Tutsis et de demander pardon, on pourra espérer cohabiter comme il faut, sans être séparés pour toujours par ce qui s'est passé.

Une fuite secrète

Le tintamarre soudain d'une nuée de soui-mangas éclatants – dos verts, ventre bleus – et de gros-becs sanguins – manteaux noirs, gorges écarlates – se parachutant sur les bananiers met fin à la conversation. Devant la maison de Christine, à travers une forêt d'arbres fleuris de rouge, un sentier s'enfonce, qui franchit une rivière boueuse sur deux troncs vermoulus. Derrière des feuillages touffus, on aperçoit çà et là des cases rondes habitées par des pygmées Twa, que l'on ne croise quasiment jamais. Une courte distance sépare la maison de la famille de Christine de l'ancienne maison de la famille d'Odette Mukamusoni.

Odette et Christine, nées à une année d'intervalle sur deux coteaux limitrophes, sont toutes deux cultivatrices et mères d'enfants du même âge. Depuis leur enfance, elles se sont croisées sur les sentiers qui mènent à l'école et au puits, mais elles ne se sont jamais adressé la parole, bien qu'aujourd'hui plus qu'hier elles auraient de nombreux souvenirs et réflexions à échanger, notamment sur des épisodes de leurs échappées particulières pendant les massacres.

Odette a quitté depuis peu la colline pour habiter une masure en périphérie de Nyamata. Sa famille a péri lors des tueries. Le père de son enfant s'est exilé au Congo. Les ruines de sa maison ont disparu sous une végétation grimpante, la brousse a envahi les champs. Autant de motifs qui expliqueraient son refus de recommencer sa vie dans son village. Innocent Rwililiza a fait sa connaissance par hasard, près de l'église, au sein d'un groupe de bénévoles qui déterraient les ossements de la fosse commune pour les ranger à l'abri des pluies. Odette s'activait à l'écart, elle paraissait perdue et choquée par ce qu'elle avait vécu et qu'elle lui expliqua ce jour-là. À l'époque, Innocent ne s'étonna pas de son isolement, loin de chez elle. Il lui trouva un hébergement temporaire dans une petite cahute de torchis.

Lors d'une première rencontre, Odette raconte sa fuite vers l'église au début des tueries, son évasion miraculeuse dans une chambre de nonne brésilienne, sa cachette sous le sommier d'une amie de sa marraine. Elle relate avec minutie son séjour d'un mois, cachée sous un lit pendant la journée, ses affres en entendant les tueurs bavarder dans la maison, l'attente, l'ennui, la solitude, la dépression latente, la délivrance. Elle relie des péripéties, extraordinaires certes, mais plausibles. Cependant, une bizarrerie éveille mes soupçons. Non pas l'extravagance de sa survie, non pas sa solitude actuelle – sort de nombreux rescapés, traumatisés –, mais une accumulation de détails et une rigueur chronologique, bref, une excellence de la mémoire peu vraisemblable.

Dès la deuxième rencontre, Odette renonce à défendre la version initiale de son récit. Elle admet sa fabulation, qu'elle justifie par la crainte d'être incomprise de ses voisins. Elle propose spontanément, semble-t-il avec soulagement, de raconter une vraie version, que voici, aussi étonnante que la première. Un épisode de sa fuite, délicat à rendre public, parce que source d'inévitables rumeurs et soupçons, explique son mensonge initial, son inquiétude et son déménagement de sa colline natale.

Odette Mukamusoni, 23 ans, aide-maçon
Colline de Kanazi

Mon père possédait huit vaches, mais il m'avait retirée de l'école primaire parce que j'étais sa quatrième fille. Avant-guerre, j'étais donc employée, devant, derrière, pour des travaux de champs ou de nettoyage.

Dans la région, il y a toujours eu des tueries et des incendies de maisons, mais on se disait chaque fois que ça ne se terminerait pas plus mal que d'habitude. L'ambiance a viré en 1994. À l'époque des premières pluies, on s'est alarmés de la guerre, parce que les avoisinants hutus n'échangeaient plus chemin faisant de salutations. Ils nous criaient des menaces, ils nous répétaient : « Les Tutsis qui voient loin doivent marcher loin, car bientôt tous les Tutsis sur place seront tués. » Le soir, on en parlait à la sauvette à la maison. Mais mon père refusait de quitter la colline, parce qu'il n'entrevoyait pas de destin acceptable, s'il ne pouvait emmener ses vaches. Moi, j'avais trouvé une place calme dans notre capitale, Kigali.

Quand l'avion a chuté, j'étais *boyeste* à Nyakabanda, un bon quartier de Kigali. La maîtresse de maison, prénommée Gloria, était tutsie. Le mari, Joseph, était un négociant hutu très gentil. Un jour du génocide, des *interahamwe* ont ouvert la porte du salon. Le mari était en voyage d'affaires au Kenya ; son frère n'a pas réussi à plaider pour la dame. Les *interahamwe* ont tué la famille sur les tapis. Moi, j'étais dissimulée à plat ventre dans une chambrette. Ils n'ont pas insisté pour la fouille, parce qu'ils souhaitaient simplement se débarrasser de la dame et de ses enfants en l'absence du mari, et ils s'en trouvaient satisfaits.

Une heure plus tard, des pilleurs sont entrés et m'ont surprise dans la maison. Ils se préparaient à me découper sur-le-champ, mais l'un d'eux, qui répondait au prénom de Callixte, m'a protégée de ses collègues. Il portait un fusil, il était le chef. Il m'a emmenée pour femme parce qu'il n'en avait plus.

Chez lui, j'entendais dire à travers les portes que les programmes des tueries étaient en bonne voie dans toutes les préfectures, et qu'il ne resterait plus un enfant tutsi debout à la saison sèche. Alors, je me disais que si Dieu m'autorisait à garder ma vie en cachette jusque-là, il ne fallait pas la gâcher. Raison pour laquelle, je n'ai jamais tenté la fuite au risque de mourir parmi les autres Tutsis.

J'ai vécu au logis de Callixte jusqu'à l'arrivée des *inkotanyi*, en juillet. Par la suite, il m'a emportée dans la fuite bouleversante vers le Congo, dont vous avez entendu beaucoup de nouvelles. Nous avons d'abord vécu à Gisenyi, sous la sauvegarde des militaires turquoises, chez une famille de Callixte. Puis nous avons voyagé vers le Congo. Nous avons passé un an et demi dans le camp de Mugunga. J'étais très embrouillée par trop de macabres rumeurs, et je pensais que ma vie allait désormais être de ne rien attendre. On habitait sous une tente. Je faisais l'épouse pour Callixte, qui n'était jamais méchant avec moi. Les cohabitants du camp savaient que j'étais tutsie. Ils n'osaient rien dire devant Callixte, car il était un *interahamwe* de grande importance, mais quand il partait en tournée de réunions, j'entendais fuser d'inquiétantes médisances. Un jour de novembre 1996, je me suis approchée d'un rassemblement de camions blancs d'une organisation humanitaire. Des Blancs disaient que ceux qui voulaient rentrer au Rwanda n'avaient qu'à monter, sans rien payer. Callixte était parti en expédition, j'ai grimpé dans la benne en grande compagnie. Le véhicule a roulé jusqu'à la frontière. De nouveaux camions blancs nous attendaient derrière les barrières et j'ai ainsi rebroussé route jusqu'à Nyamata.

Je suis retournée sur notre parcelle familiale de Kanazi. La maison avait été brûlée. Des voisins m'ont expliqué que, de ma famille, il ne restait plus une seule personne. J'ai appris par des ouï-dire que papa était mort près de la maison. Maman était morte d'un jet de lance sur un chemin d'escapade vers le Burundi, j'ai retrouvé deux sœurs mortes dans des champs. Quant aux autres, je n'ai reçu aucune précision sur comment ils ont été tués.

Je ne savais rien faire sauf l'agriculture, mais la terre était devenue trop opiniâtre pendant mon absence. Je me suis sentie trop frêle et trop faible pour planter les haricots. J'étais plus que découragée. J'entendais des cancans dans mon dos relatifs à mon voyage au Congo, je ne savais de quel côté demander une petite assistance ; c'est pourquoi je me suis déplacée vers Nyamata, chez une connaissance.

Un jour, j'ai entendu dire que les pluies allaient emporter les ossements de ceux qui avaient été enterrés près de l'église par les Caterpillar. Je me suis associée à une équipe pour sortir les ossements du trou, et les ranger. Je cherchais une petite compagnie, je voulais me montrer présentable aux yeux des autres. Des habitants compréhensifs ont apporté des sacs de ciment et on a façonné le Mémorial. Maintenant, j'essaie de faire aide-maçon à droite à gauche. Quand je gagne des petits sous, j'achète des patates et du sorgho, et le bonheur revient pendant un moment. Sinon, je vais visiter une voisine intime, ou alors j'attends une petite chance de passage.

Je me sens désorientée d'être la seule survivante de ma famille. Je ne vois plus dans quel sens diriger l'existence. J'ai un garçon de trois ans, il s'appelle Uwimana et un bébé de trois mois. Ils ne portent pas de prénoms chrétiens parce qu'ils n'ont pas de papa. Depuis le génocide, beaucoup de filles attrapent des enfants de sauvette, car il circule entre les habitations beaucoup d'hommes sans plus d'épouses vivantes, qui connaissent nos misères d'argent.

La vérité est que nos esprits sont très désordonnés parce que nous avons perdu nos parents et nos familles. On n'a personne à qui obéir, personne à servir, personne à qui se confier ou demander conseil. On ne reçoit plus ni gronderies ni encouragements. On se retrouve sans personne avec qui envisager une destinée, sans plus d'épaule où poser sa lourde tête les soirs de peine. C'est une grande gêne de vivre en abandonnée, c'est une grande détresse de vivre ainsi. Solitaire peut même devenir soupçonneux. En Afrique, même si tu n'as plus de maison, même si tu n'as plus de famille, même si tu ne peux plus soulever la houe, tu dois au moins nourrir des enfants. Sinon tu perds très vite ton avantage aux yeux des autres.

Les nuits, je pense à ma famille avec remords. On avait de belles vaches, on ne manquait jamais d'habits, on était nombreux pour cultiver et pour manger et on se sentait bien entourés. Aujourd'hui, il y a trop de vide et de peine pour survivre convenablement. Le soir, on s'assied avec les avoisinants rescapés et on se raconte le génocide. On complète ce qui s'est passé, puisque chacun l'a vécu dans des endroits différents. Moi, j'éprouve de la méfiance à raconter ma mauvaise vie au Congo, c'est pourquoi je fais de petits arrangements avec la vérité, comme vous savez. Toutefois, plus j'entends les collègues parler des hécatombes sur la commune, plus je ressens de l'inquiétude. Les Hutus accusent les Tutsis d'être trop arrogants et trop élancés, ce sont seulement des mots d'une envie cachée. À Kanazi, les Tutsis n'étaient pas plus fiers, ni plus riches, ni mieux instruits que les Hutus, ils avaient des parcelles de même grandeur, ils étaient seulement plus proches de famille en famille. Mais c'est de tradition, que nous nous favorisons. L'importance que les Hutus donnent à l'ethnie est seulement prétexte à la jalousie et à la convoitise.

Quand je passe à Kanazi, je vois des *interahamwe* qui sont revenus du Congo sur leurs parcelles. Je sais qu'une petite foule de tueurs va sortir des prisons. Il y en a beaucoup qui n'avoueront jamais, ils voudront recommencer leur coup un jour dès qu'ils auront repris toutes leurs forces. J'ai entendu trop de vantardises et de paroles de revanche dans les camps. Je sais que les esprits des cultivateurs hutus sont dominés par les *interahamwe*. Ils leur promettent nos parcelles, ils leur condamnent nos visages.

Le temps passe sans guère vouloir rien changer. Je ne sais pas pourquoi Dieu laisse traîner une malédiction sur la tête des Tutsis, mais quand j'y réfléchis les idées s'entrechoquent dans ma tête.

Les casiers des mémoriaux

À Nyamata et N'tarama, les églises sont les seuls édifices entourés de grilles hérissées de piques. Comme si les deux mémoriaux, construits aux abords, devaient être mieux protégés que n'importe quel édifice public ou villa.

L'initiative du Mémorial de Nyamata fut prise dès la première saison des pluies. Les dépouilles des personnes abattues autour de l'église, enterrées à la va-vite au moyen de pelleteuses par les tueurs, commençaient à émerger de terre et à se disperser dans les ruissellements. Chiens et chats sauvages se disputaient déjà les lieux.

À l'époque, dans la ville saccagée, ni la commune ni les notables ne pouvaient financer une coûteuse recherche de l'identité des victimes. De leur côté, les donateurs étrangers se préoccupaient surtout du sort des réfugiés dans les camps. C'est pourquoi les habitants entreprirent de déterrer les restes à l'aide de houes pour les mettre à l'abri des eaux dans l'église. À ces cadavres s'ajoutèrent, au fil des mois, les dépouilles découvertes dans les champs, dans les fossés, dans des puits, dans des enclos, dans les bois et les rivières, non identifiables et disloquées. Ainsi naquit l'idée du Mémorial, pour, selon l'expression d'Innocent, « essayer de rendre malgré la misère une dignité presque valable aux victimes oubliées ».

Une simple pancarte plantée devant la grille signale le Mémorial. Sur le seuil de l'église, une odeur âcre de mort saisit le visiteur. La nef en béton de l'église est vide, faiblement éclairée par des rais de soleil qui entrent à travers les trous de la toiture. À gauche, dans une sacristie voûtée, sur une table, reposent bien en évidence, telle une statue emblématique et macabre, les corps enlacés d'une mère et de son enfant, desséchés et momifiés, dans lesquels ont été laissées les pointes de bois qui servirent à les mutiler à mort.

Le Mémorial a été construit derrière la nef, dans une sorte de caveau. On y descend par un escalier de béton ; la lumière est blafarde, l'odeur de mort est suffocante. À la dernière marche, on s'assied et on regarde les dépouilles rangées sur des étagères. En haut sont alignés les linceuls de quelques cadavres amenés intacts ; sur le plateau d'en dessous sont posés les crânes ; un plateau plus bas, les sternums, puis les bassins, les fémurs… On est bien sûr fasciné devant la multitude de crânes. Leurs orbites semblent vous fixer d'autant de regards venus de l'au-delà. Beaucoup d'entre eux portent les marques de fractures, parfois des couteaux sont encore plantés.

En tout, soixante-quatre casiers, sur quatre étages, contiennent les ossements d'environ vingt-cinq mille victimes. Sous l'église, une crypte de murs carrelés, éclairée au néon, est en cours de finition. Quelques-uns des cadavres sont déjà exposés là, dans une atmosphère plus aseptisée et moins crue, à l'intention des visiteurs émotifs.

Une vingtaine de kilomètres plus loin, à l'église de N'tarama, les miliciens n'avaient pas pris la peine de creuser des fosses, parce que l'église, construite loin de leurs habitations, échappait à leurs itinéraires de passage. Les milliers de corps furent abandonnés en plein air pendant la durée du génocide. Il était ensuite trop tard pour que les rescapés viennent chercher les dépouilles de leurs parents ou amis, car la pluie et les animaux avaient fait des ravages. Aussi, dans un premier temps, les gens protégèrent-ils le site avec des grilles. Puis ils décidèrent de le conserver en l'état, pour mémoire. C'est-à-dire de laisser tous les cadavres dans leurs positions au moment de la mort – telle une scène pompéienne – entassés entre les bancs, sous l'autel, repliés le long des murs, dans leurs pagnes, shorts, robes, au milieu des lunettes, claquettes, escarpins, tabliers, valises, bassines, cruches, draps, colliers, tapis mousse, livres, imprégnés d'une forte odeur de cadavre. Plus tard, à cause du coût prohibitif des produits de conservation, ils construisirent un abri où ranger une partie des crânes et des ossements éparpillés en dehors de l'église.

Aux portes des deux églises désaffectées, des gardiens se relaient aujourd'hui pour accueillir les innombrables personnalités, rwandaises ou étrangères, et les équipes de journalistes qui sont désormais tenus de visiter les lieux. Ces gardiens leur ouvrent de volumineux cahiers de signatures. On y lit beaucoup de phrases telles que : « Pour ne jamais oublier ! », « Avec vous, en ces moments douloureux ! », et une multitude de prévisibles : « Plus jamais ça », déjà lus ailleurs.

À N'tarama, l'un des guides s'appelle Marc Nsabimana. Il est hutu, militaire à la retraite. Peu avant la guerre, il était revenu cultiver une parcelle des environs. Époux d'une Tutsie, il tenta de la sauver ainsi que plusieurs de ses amis. Il fut, parmi les villageois hutus, le témoin impuissant des tueries dans l'église et les marais. Depuis, il a abandonné l'agriculture pour se consacrer à la mémoire des victimes. Indifférent à la chaleur, il vit emmitouflé dans un anorak et ne cesse de dodeliner de la tête, entre deux phrases, en répétant inlassablement : « Comment était-ce possible, comment était-ce possible ? » À l'adresse de son auditoire, croit-on d'abord ; à lui-même, comprend-on ensuite. L'autre guide s'appelle Thérèse, elle habite un peu plus bas, elle est elle-même une rescapée de l'église. Elle est plus volubile et, en dehors de ses horaires de service, on la retrouve souvent au cabaret de Marie, Au Coin des Veuves, à papoter avec les copines autour d'une Primus, notamment sur ses visiteurs du jour, leur nervosité, leurs costumes de cérémonie, la radinerie ou la largesse de leurs pourboires.

Signe des temps ou du hasard, depuis l'évacuation des prêtres blancs qui servit de déclic aux massacres dans les églises, les *muzungu* ont presque disparu de la région. En kinyarwanda, le mot *muzungu* désigne le Blanc, notamment dans la bouche des gamins curieux, amusés et bienveillants lorsqu'ils le hèlent sur son passage. Mais linguistiquement, *muzungu* signifie « celui qui prend la place de ». À de rares exceptions près, les prêtres, les experts et logisticiens d'organisations internationales de Nyamata sont rwandais ou africains.

À Nyamata, les fidèles ont rouvert la porte d'une vétuste église abandonnée pendant des lustres. C'est là que se rend désormais Édith Uwanyiligira — et ses pensionnaires, Florence la pâtissière, Gaspard le capitaine de l'équipe du Bugesera Football Club, Gorette la cuisinière... — à l'heure de la messe du dimanche matin et des vêpres, pour retrouver tous ses amis de prières et de cantiques.

Édith est une mère de famille aussi joviale que pieuse. Son allégresse et sa gaieté ne peuvent plus être altérées (en public du moins) par aucun souci de la vie. Elle se consacre énormément à l'éducation de ses deux enfants.

Son salon est en permanence peuplé d'ouailles ; ses chambres, de pensionnaires érudits ; sa cour, de voisines bavardes ou bigotes ; sa terrasse, de parents ; son jardin, de gamins chahuteurs du quartier. À la veille des premiers massacres, Édith s'était enfuie de chez elle pour une longue cavale à travers le pays dévasté, aux côtés de son mari Jean-de-Dieu, son garçon Bertrand dans les bras, un bébé dans le ventre, qui est devenu une espiègle Sandra.

Édith Uwanyiligira, 34 ans,
enseignante et économe scolaire
Nyamata Gatare

Jadis, Papa était le sous-chef de la sous-chefferie de Kibwa, près de Ruhengeri. Il gagnait bien, il était bien considéré, il a été déchargé en famille, de nuit, dans la brousse de Nyamata. Les Tutsis ne cessaient d'arriver de Byumba, de Gikongoro, de partout, ils s'aidaient à décourager les lions et les éléphants, ils s'assemblaient sous des huttes de carton. C'est ainsi que je suis née sur la colline de N'tarama.

Petite fille, je n'ai jamais connu de sécurité satisfaisante. Lorsque les *inkotanyi* du Burundi attaquaient le Rwanda, les militaires devaient tuer des Tutsis, en guise de châtiment. Comme le Bugesera est touchant du Burundi, ils en tuaient un nombre plus conséquent par ici. Les tués étaient peu après remplacés par des cultivateurs hutus. Mais, avec eux, on vivait à courte distance sans aucune anicroche. J'ai toujours eu des amis hutus de cœur dans notre secteur.

La guerre civile s'est incrustée dans les collines en l'an 1991. Cette année-là, mon premier bébé n'a pas réussi à passer, et il est mort dans mon ventre parce que la route de l'hôpital était trop risquée. C'était le commencement d'années politiques très périlleuses, pendant lesquelles des hommes s'en sont donné à cœur joie.

Quand l'avion du président a finalement chuté, trois ans plus tard, les radios nous ont décommandé de sortir. Sur le moment, on ne savait pas quoi penser de notre destin, mais les Hutus de notre région, eux aussi, hésitaient sur le nôtre ; ils attendaient comme nous. Puis on a entendu les bourgmestres, les policiers, les fonctionnaires communaux, qui sillonnaient les brousses pour encourager les villageois en criant cette variété d'ordres : « Qu'est-ce que vous attendez pour exterminer ces Tutsis comme à Kigali, ce sont des cancrelats ! », « Il n'y a plus de place pour les Tutsis, il faut les tuer comme vous pouvez », « Ce sont des vipères, c'est maintenant qu'il faut s'en débarrasser. Personne ne sera puni ! » En même temps, les *interahamwe* et les militaires de la caserne de Gako s'exerçaient à tuer les premiers lots de personnes, dans quelques domiciles marqués de peinture. Alors, cinq jours après, nos amis hutus ont retourné leur opinion contre les anciens amis tutsis.

Moi, j'arrivais au terme d'une grossesse, je m'étais abritée chez notre voisin hutu, ami de tous les temps. Il m'a dit, un matin : « Édith, vous êtes un péché qui peut devenir mortel. Je ne veux pas mourir par votre faute. Partez immédiatement dans la brousse. » Alors, le 14 avril, avec mon mari, on est descendus vers la rivière Akanyaru ; on a offert une belle somme d'argent à l'homme du bac pour traverser la rivière et on s'est mis en marche sur la route de Gitarama.

Au centre-ville de Gitarama, les tueries n'avaient pas encore été entamées, car les gens n'étaient pas vraiment au courant du programme des massacres. Les Hutus étaient encore confus, leurs partis se disputaient entre eux. Ils ne savaient pas qui devait commencer. Nous, on vivait dehors entassés près du marché, on mangeait une maigre pâte blanche de sorgho, on supportait une très mauvaise vie. C'est là que j'ai accouché de ma fille Sandra, par terre au milieu des gens, sans un toit pour la protéger du soleil, sans même un arbre pour m'abriter des regards des hommes.

Un jour, les Hutus nous ont dit : « Bon, ça y est, les tueurs viennent vous prendre. » On s'est réfugiés dans l'usine Electrogaz. Les jeunes gens sont arrivés, ils ont crié aux gendarmes de l'usine : « On vient chercher livraison des Tutsis qui se cachent derrière votre clôture. » Les gendarmes ont dressé leurs fusils. Mais quand ils se sont éloignés, le brigadier transpirait trop, il a montré une fourgonnette et il nous a déposés dans un fossé. On a repris la route de Kabgayi, mon mari, mon fils, ma nouveau-née, deux sœurs, une petite domestique et moi.

Pendant la fuite, on se taisait, pareils à des humiliés. Partout où on passait, on entendait : « Voilà des Tutsis, pourquoi ils avancent debout alors qu'ils devraient être allongés morts ? » ou : « Regardez ces Tutsis, comme ils sentent mauvais, il faut les tuer, il faut s'en débarrasser. » Même les petits écoliers des classes primaires, que l'on rencontrait chemin croisant, nous jetaient des pierres et criaient : « Ce sont des Tutsis, ce sont des cancrelats », et ils couraient vers leurs parents pour les avertir : « Il vient de passer un groupe de Tutsis, ils viennent du Bugesera, nous savons par où ils s'en vont… »

Nous, on n'éprouvait aucune honte de notre saleté, de notre misère, on ressentait seulement l'humiliation de la peur. On ne pensait pas qu'on était crasseux, qu'on n'avait pas d'argent, mais on était effrayés de perdre la vie. Alors, on tremblait en entendant ces cris, car ceux qui les lançaient pouvaient nous tuer, comme si de rien n'était, devant tout le monde, à même le bas-côté. Même si on se sentait coupables de ne pas donner à manger à nos enfants, on avait d'abord peur de mourir. Puisqu'un garçon d'à peine douze ans pouvait nous trouer d'un coup de couteau, si le caprice le poussait, sans essuyer un reproche de ses parents.

Un surpeuplement de réfugiés nous attendait à Kabgayi, et nous avons encore dormi à ciel ouvert. Il se mêlait des réfugiés tutsis qui fuyaient le génocide dans leurs préfectures, et des réfugiés hutus qui fuyaient les avancées du FPR à la frontière. Alors, un jour, ça devait arriver : les réfugiés hutus se sont mis à tuer les réfugiés tutsis sous les applaudissements des *interahamwe*. À Kabgayi, il y avait des ministres hutus, des fonctionnaires tutsis, des évêques hutus et tutsis, des photographes internationaux qui venaient photographier sans danger comment on tuait les Tutsis dans la rue.

Il y avait beaucoup de misère pour trouver des petits riens à manger. On avait faim, on était pouilleux. Mais, remarquez une leçon de la nature : malgré la disette et les microbes de souillures, les enfants refusaient de tomber malades de peur des menaces de tueries !

Alors, le Satan est arrivé à son tour en ville, aux premiers jours du mois de juin. Voici ce qu'il a ordonné. Chaque jour, des militaires devaient garer un autobus près des campements et ils faisaient monter à bord des Tutsis. Des prêtres, des sœurs, des professeurs, des commerçants, ils commençaient par les gens importants. Ils emmenaient une cinquantaine de passagers dans la brousse et, le soir, le bus revenait vide. Le 29 juin, ils ont fait monter mon mari. Il s'appelait Jean-de-Dieu Nkurunziza, c'était un brillant intellectuel et un homme très attentionné.

Depuis ce jour-là, toutes les nuits quand je retrouve mon lit, je pense à lui. Ensuite, je pense à ma mère, à mon père, à mes frères et sœurs, à mes beaux-parents, à tous ceux qui ont été tués. Puis je pense de nouveau à mon mari qui est mort, jusqu'à ce que le sommeil veuille bien de moi.

Mon mari et moi, nous avons toujours vécu le bonheur des jeunes mariés. On s'est aimés depuis notre enfance. On a grandi à cinq cents mètres de distance, sur la même colline. Après les écoles secondaires, on s'est aimés pour de vrai, on s'est mariés. Le jour de mon mariage, je pavoisais dans une robe blanche brodée de dentelles comme sur les photos. Il y avait une foule de gens galants et joyeux. Avec mon mari, on s'aimait plus que nécessaire. J'étais capricieuse, il m'aimait trop, il voulait même que ne je ne fasse rien à la maison. Après l'école secondaire, j'avais continué mes études à Kigali, puis j'avais rejoint la maison de mon mari à N'tarama, où il était professeur ; et j'ai enseigné à l'école primaire de Cyugaro. Vraiment, j'étais très bien encadrée entre mon mari, mes parents et mes beaux-parents qui me gâtaient beaucoup.

Le génocide m'a faite veuve et orpheline en même temps, à vingt-sept ans. Une chose qui me rend plus que triste, c'est que je ne sais pas comment est mort mon mari et que je ne l'ai pas enterré. C'est cela qui me perturbe nuit et jour. Parce qu'ils l'ont fait monter dans le bus, et personne ne peut me dire comment il a été tué. Si je l'avais vu mort, si j'avais des indications sur son ultime voyage, ses paroles finales à sa famille, si je l'avais mis en tombe de chrétien, peut-être sa disparition pourrait-elle se supporter plus naturellement.

Quatre jours après sa mort, les troupes des militaires du FPR sont arrivées à Kabgayi. Je suis revenue à N'tarama le long d'un triste trajet. Parce que les voisins étaient tués, parce que mes deux grands frères s'en étaient allés, parce que la maison était brûlée, parce que la brousse avait repris le dessus des champs, j'ai décidé de m'installer à Nyamata. Aujourd'hui, je ne veux plus vivre, même une matinée à N'tarama, de peur de croiser des souvenirs.

À Nyamata aussi, il y avait des étalages de morts éparpillés sur les terrains quand je suis arrivée : à l'église, au travers des rues, dans les taillis, dans chaque logis. Si on allait dans les champs chercher à manger, on trébuchait sur des cadavres ; pareil sur les chemins de forêt. On respirait très fort la mort. Les gens n'étaient pas du tout heureux, ils étaient au cœur d'une triste tourmente parce qu'ils pensaient incessamment à ceux qui étaient morts devant leurs yeux. Beaucoup souffraient de blessures puantes ; il n'y avait plus rien à manger, plus rien à marchander, il y avait vraiment trop de problèmes et trop peu de solutions.

Moi aussi, j'affrontais une vie très aride depuis notre retour. J'avais un enfant et un bébé, des orphelins qui déboulaient dans ma cour de tous côtés, j'étais isolée, je tombais malade, je n'avais plus de transport pour aller au dispensaire, je ne trouvais rien pour me débrouiller. J'ai voulu m'abandonner, parce que la vie me devenait trop amère.

Alors, je ne sais pas comment, je me suis mise à prier. J'ai commencé tout timidement et je suis allée dans l'église, j'ai psalmodié, ensuite j'ai chanté à pleins poumons. J'ai entendu que Dieu m'appelait parce que c'est lui qui allait désormais me soutenir. C'est ça, j'ai compris qu'auparavant j'étais trop égoïste et naïve, que Dieu avait voulu que je m'approche de lui. Je sais maintenant que je ne vais manquer de rien grâce à lui et je ne murmure plus parce que mon mari a été tué. Dieu, je n'y pensais pas avant, parce que j'étais trop cajolée, mais maintenant il va m'aider et il va m'aimer. Ceci est mon expérience.

Dans la Bible, on lit que les Juifs d'Égypte souffraient beaucoup de la dureté et des corvées de Pharaon. Il y avait aussi beaucoup de morts, chez eux, à cause des mauvais traitements des Égyptiens. Dieu a entendu leurs murmures, il les a écoutés, il les a préparés à retrouver leur bon pays de Canaan. Les Tutsis du Rwanda, eux, ils n'ont rien reçu de si bon sur leur chemin. Je ne vois aucune comparaison entre les Juifs, qui formaient le peuple de Dieu, et les Tutsis, qui ne sont élus de personne. Mais, parce qu'on a eu beaucoup de tués autour de nous, parce qu'on est quand même restés en vie quand tout le monde voulait qu'on meure, ça nous aide à rencontrer Dieu.

Il est un autre motif que je voudrais préciser. Pendant le génocide, le rescapé a perdu sa confiance en même temps que le reste, et ça l'embrouille plus qu'il ne le sait. Il peut douter de tout, des inconnus, des collègues, même de ses avoisinants rescapés. Seul, il va trop peiner à retrouver assez de cette confiance pour revenir au milieu des autres, mais heureusement Dieu l'aide à cela.

D'après moi, il n'y a rien de spécial chez les Tutsis. Chez nous, quand des Hutus venaient à la maison, il n'y avait jamais aucune parole qui nous distinguait. Jadis, nous étions identiques, sauf bien sûr que les éleveurs étaient tutsis. Quelques Hutus achetaient aussi des vaches, mais ils se disaient tutsis. C'est pendant la dernière colonisation que des Blancs ont gâté les cœurs des Hutus. D'après ce que m'ont raconté mes grands-parents, de malfaisantes leçons étaient enseignées dès l'école primaire. Des Blancs disaient aux Hutus : « Voyez ces Tutsis, ils ont un roi, ils ont des favoris, ils ont des vaches. Ils se croient supérieurs, ils sont arrogants, ils veulent que vous deveniez leurs serviteurs. » Alors, les Hutus ont préparé une riposte. Depuis l'Indépendance, il y a toujours eu des propagandistes hutus pour tisonner un esprit de méfiance et de vengeance. Les colons n'avaient jamais recommandé le génocide, puisque le mot lui-même n'était pas enseigné. Mais sans doute de mauvaises leçons ont-elles été tripotées par des intellectuels rwandais.

Aujourd'hui, quand j'écoute la radio, j'entends que les Blancs s'élancent en avion de guerre dès qu'il y a de la pagaille en Irak ou en Yougoslavie. Au Rwanda, les gens ont été saignés pendant trois mois, et les Blancs n'ont envoyé que des journalistes à pied pour bien photographier. Les Blancs se méfient pareillement des Tutsis et des Juifs. Ils les ont regardés mourir presque jusqu'aux derniers les bras croisés, voilà une vérité. Voilà la vraie comparaison entre les génocides, et ce problème resurgira demain parce que leurs soupçons sont enfouis au fond de leurs pensées.

À Nyamata, c'est un fait remarquable que les gens ne s'invitent plus comme jadis. Beaucoup de personnes sont asséchées d'avoir subi une trop pénible épreuve pendant la guerre. Elles disent : « Les Hutus ont voulu me tuer maintes fois, maintenant plus rien ne peut m'arriver. » Elles pensent : « Je suis veuve, je suis orphelin, je n'ai plus de chez moi, je n'ai plus de travail, je n'ai plus de transport, je n'ai plus de santé, je suis seul contre trop de problèmes et je ne veux plus regarder autour de moi. » Il y a un repliement sur soi de tout le monde. Chacun emporte dans son coin sa peine, comme s'il était le seul rescapé, sans plus se soucier que cette peine est identique pour tous. Les hommes passent plus d'heures au cabaret que jamais, mais sans échanger des idées. Les femmes peuvent attendre un mois à la maison sans être visitées par les familles. Un homme peut rester trois mois sans aller prendre des nouvelles d'une petite sœur et, si elles ne sont pas satisfaisantes, s'en retourner comme ça. Un attachement s'est rompu dans les familles, comme si, désormais, chacun voulait utiliser seulement pour soi ce qu'il lui reste de vie.

Pour moi, le génocide, c'est hier dans ma mémoire, ou plutôt l'année dernière ; et ça restera toujours l'année dernière, car je ne discerne aucun changement qui permette au temps de reprendre convenablement sa place. Les enfants aussi choisissent une mauvaise direction. Même les écoliers qui n'ont pas vu les meurtres, ils écoutent les conversations derrière les murs, ils entendent toutes sortes de malédictions, et par après on les rencontre qui répondent aux adultes : « Toi, si tu m'embêtes, je vais te frapper à la machette », et qui n'écoutent rien en classe.

Comprenez bien, le génocide ne va pas se dissiper dans les esprits. Le temps va retenir les souvenirs, il ne va jamais accorder plus qu'une petite place au soulagement de l'âme. Moi, j'ai trouvé refuge dans l'Église, puisque je ne trouvais plus où espérer. À l'église, je croise des Hutus et des Tutsis qui prient pêle-mêle. Je continue de côtoyer de bons amis hutus. Je sais que tous les Hutus qui ont tué si calmement ne peuvent pas être sincères s'ils demandent pardon, même au Seigneur. Pour eux, le Tutsi sera leur ennemi de toujours.

Mais moi, je suis prête à pardonner. Ce n'est pas pour nier le mal qu'ils ont fait, ce n'est ni par trahison envers les Tutsis ni par facilité ; mais c'est pour ne pas souffrir ma vie durant à me demander pourquoi ils ont voulu me couper. Je ne veux pas vivre de remords et de craintes d'être tutsie. Si je ne leur pardonne pas, c'est moi seule qui souffre, et qui ne dort pas, et qui murmure. J'aspire à une paix de mon corps. Il faut vraiment que je me tranquillise. Il faut que je balaye la peur loin de moi, même si je ne crois pas leurs mots apaisants.

Moi, je n'éprouve nul besoin de parler du génocide tout le temps, comme tous les rescapés. Quand mon garçon Bertrand me demande : « Où est papa ? », je réponds qu'il a été tué. « Par qui ? », « Par les *interahamwe*. » J'explique qui sont les *interahamwe*, qu'ils ont tué ses oncles, ses grands-parents dans les marais, dans les champs, que ce sont des hommes et des femmes très cruels qui ne séviront plus jamais. Quand il rencontre des prisonniers en uniforme autour du cachot, il demande : « Est-ce que ce sont eux qui ont tué papa ? » Je lui réponds que non, que son papa a été tué loin d'ici par d'autres *interahamwe*, qu'il ne faut pas regarder ceux-ci comme des criminels. J'ajoute pour le rassurer : « On devait mourir parce que personne ne voulait que l'on soit vivants. On devait mourir, parce que j'étais une femme avec un enfant et un nouveau-né qui ne pouvaient pas courir. Mais on n'est pas morts grâce à Dieu. » S'il me parle de punition, je lui réponds qu'un génocide dépasse les lois humaines. Je lui réponds qu'aucune justice n'est assez lucide pour prononcer des jugements après une chose pareille, seule est capable une justice divine. J'essaie de le satisfaire de cela. Je ne veux pas que le génocide se lise dans mon cœur.

Je me préoccupe aussi des autres cohabitants ; des exilés revenus du Burundi pour redonner souffle au Bugesera ; des Hutus qui n'ont pas trempé dans les tueries, des petits enfants nés après le sang. Eux, il ne faut pas leur gâcher la vie en leur racontant nos cauchemars. Je n'aime pas écouter tous ces souvenirs de tueries qu'on se répète le soir ou le week-end en petite communauté. Je n'ai plus envie d'en apprendre davantage sur les marais. Je n'apprécie pas que les gens viennent à ma maison bavarder de ce temps, avec toujours plus de détails de malheurs.

Je ne veux pas me remarier avec un rescapé pour entamer une existence normale de rescapée. Je préfère les prières et les chants. Je préfère apprendre la guitare. Je préfère communier avec le ciel entre amis. Je pense tous les jours à mon mari en silence, je pense qu'aucun homme ne va m'offrir le bonheur qu'il m'avait apporté. Je pense aussi que, s'il n'avait pas été tué, je n'aurais pas rencontré Dieu.

J'ai uniquement accepté de parler du génocide aujour-
d'hui avec vous parce que vous avez fait un long voyage
pour venir jusqu'à Nyamata, parce que j'ai compris votre
besoin d'entendre ce que nous avons vécu pendant tout ce
temps, votre désir de savoir comment je devrais survivre à
ces peines.

Une précision en chemin

À ce stade du livre, le lecteur pourrait s'étonner de ne lire que des récits de rescapés. À Nyamata d'ailleurs, le bourgmestre, le procureur, des professeurs de retour d'exil, d'anciens prisonniers de Rilima, des cultivateurs hutus, coupables ou innocents, héroïques ou passifs, des rescapés eux-mêmes, m'ont suggéré de diversifier les témoignages. La raison de mon refus est simple.

Au Rwanda, à la suite des premiers succès militaires d'une rébellion tutsie basée en Ouganda, au début des années quatre-vingt-dix, une fraction majoritaire de la classe politique, de l'armée, de l'intelligentsia hutue, a pensé un plan d'extermination de la population tutsie et de personnalités démocrates hutues. À partir du 7 avril 1994, pendant quatre à dix semaines selon les régions, une partie étonnamment massive de la population hutue a saisi, de gré ou de force, des machettes pour tuer. Les étrangers, les coopérants civils et militaires, les délégués humanitaires, avaient été envoyés à l'abri. Très rares, et désemparés, étaient les journalistes qui se sont aventurés sur les routes, et pour être peu entendus à leur retour.

À ce génocide succédèrent, après le mois de mai, plusieurs épisodes télégéniques : un exode dantesque d'environ deux millions de Hutus, encadrés par les milices *inter-*

ahamwe, qui fuyaient des représailles ; dans le même temps, la conquête du pays par les troupes rebelles du FPR, venues des maquis ougandais. Puis, trente mois plus tard, en novembre 1996, le retour soudain et inattendu des réfugiés hutus, provoqué par des raids sécuritaires, vengeurs et très meurtriers des troupes tutsies du FPR sur les camps (et jusque dans les profondeurs des forêts du Kivu congolais).

Très peu nombreux étaient les journalistes étrangers présents au Rwanda pendant le génocide tutsi (printemps 1994), mais une multitude débarqua pour suivre les colonnes de réfugiés hutus jusqu'à la frontière du Congo (été 1994). Ce déséquilibre de l'information, la fuite des réfugiés sous des motifs ambigus, la dramaturgie de ces longues marches exténuantes ainsi que la dureté des nouveaux chefs de Kigali engendrèrent une confusion dans nos esprits occidentaux, au point d'oublier quasiment les rescapés du génocide, encore hagards dans la brousse, pour n'identifier comme victimes que les fuyards hutus de cet exode sur les routes et dans les camps du Congo.

Lors d'un voyage au Rwanda, en plein exode, je fus frappé par l'effacement des rescapés dans les témoignages. Lors d'un deuxième voyage, trois ans plus tard, à Nyamata, leur mutisme me stupéfie plus encore. Le silence et l'isolement des survivants, sur leurs collines, sont déroutants. Comme déjà noté dans l'introduction, me revint en mémoire ce temps si long qu'il avait fallu attendre avant que les rescapés des camps de concentration nazis ne veuillent et puissent être entendus et lus, après d'innombrables ouvrages réalisés par d'autres sur l'Holocauste, et combien leurs récits avaient été essentiels pour tenter de le comprendre. Lors des premières discussions avec Sylvie Umubyeyi, puis avec Jeannette Ayinkamiye et d'autres personnes présentées par

Sylvie, il m'apparaît tout de suite évident de consacrer du temps à les écouter.

Le séjour à Nyamata s'échelonne sur plusieurs mois, interrompu par des retours à Paris afin d'écouter les entretiens et lire les notes, à distance, et repartir avec de nouvelles questions. Là-bas m'attendent une chambre dans la maison d'Édith, une voiture tout-terrain louée à monsieur Chicago, l'un des négociants de bière, et un magnétophone. Réveil à l'aube aux cris d'une troupe de gamins, rendez-vous matinal avec Innocent ou Sylvie, expédition dans la brousse pour rendre visite à l'une ou l'autre. Pause de midi et nouvelle expédition sur les parcelles. Fin d'après-midi libre, à jouer avec les gamins ou retranscrire les cassettes, mot à mot, pour l'intérêt des conversations et le plaisir de la musique des voix. Le soir, bières au cabaret, chez Sylvie, chez Marie-Louise, chez Francine à Kibungo ou chez Marie à Kanzenze, à discuter avec les amis. Le week-end est plus spécialement consacré à écrire, à écouter des chorales et à regarder le match de football. Des rencontres imprévues, l'amicale visite de Raymond Depardon ou des festivités bousculent parfois cet emploi du temps spartiate.

Je suis simplement allé chercher des récits de rescapés, au creux d'un vallonnement de marais et de bananeraies. Certains souvenirs comportent des hésitations ou des erreurs, que les rescapés commentent eux-mêmes ; elles n'affectent pas la vérité de leurs narrations, essentielles pour tenter de comprendre ce génocide. Voilà pourquoi ne sont pas retranscrites d'interviews de personnalités politiques ou judiciaires, de Kigali ou de Nyamata ; ni de témoignages d'anciens chefs ou tueurs *interahamwe* (recueillis au pénitencier de Rilima ou à l'étranger). Pour le même motif, ne sont pas rapportés les propos des Hutus résistants, ni des protagonistes étrangers.

Après cette précision, on reprend donc un chemin dans une forêt d'eucalyptus proche de N'tarama, où trille l'*inyombya*, l'oiseau fidèle aux longues queues bleues. On grimpe à pied un sentier raide qui disparaît dans une bananeraie à moitié sauvage. Une exubérante troupe de gamins surgit de derrière une haie. Dans une cour, une jeune femme habillée en pagne des champs se repose, adossée au mur de la maison, les jambes étendues, un bébé endormi sur les genoux. Elle s'appelle Berthe Mwanankabandi.

Elle offre de l'eau d'une grande cruche. Elle s'étonne, comme d'autres, de la curiosité que peuvent porter des étrangers à son histoire et au génocide ; elle explique, comme d'autres, qu'elle ne croit plus guère à la vertu du témoignage, mais elle n'exprime aucune méfiance, bien au contraire. Elle accepte aussitôt de parler, toute la matinée, d'une voix douce.

À l'image de beaucoup de ses voisines, elle ne se plaint jamais, ne hausse jamais le ton, ne montre aucune haine ou amertume, dissimule la méfiance qu'elle pourrait entretenir à l'égard d'un Blanc et contient, par des silences, ses accès de tristesse ou de détresse. Elle propose, à l'heure des travaux des champs l'après-midi, de reprendre plus tard le fil du récit. La semaine suivante, puis un, deux, six mois plus tard, elle se montre d'une identique concision, car, explique-t-elle, ça l'oblige à préciser à haute voix, pour elle-même, certaines de ses pensées.

Berthe Mwanankabandi, 20 ans, cultivatrice
Colline de Rugarama (Kanzenze)

Je suis née au milieu de deux frères et neuf sœurs. Petits, nous traversions la forêt en défilé d'enfants jusqu'à l'école de Cyugaro. Sur les bancs, il n'y avait jamais place pour un écho ethnique. Même lorsqu'il y avait eu d'inquiétants massacres, dans le secteur environnant de Rulindo, il était défendu d'échanger des témoignages entre nous. Même lorsqu'on entendait des jeunes gens s'entraîner à la bataille près du pont de l'Akanyaru, il était interdit de s'en étonner. On enveloppait nos craintes de feuilles de silence.

Le jour de la chute de l'avion, nous nous sommes blottis dans les maisons ; nous avons entendu les groupes d'*interahamwe* qui chassaient, de colline en colline, en faisant du boucan. Dans une bananeraie en contrebas de la maison, j'ai croisé la nouvelle qu'on venait de tuer notre vieux voisin du nom de Candali. Aussitôt nous sommes descendus en cortège familial, à l'église de N'tarama ; soi-disant que les chrétiens respectent les lieux de culte. On a attendu trois jours que les esprits se calment. On croyait qu'on allait bien retourner sur les parcelles, mais cette fois, les *interahamwe* sont venus.

Ils ont fait un entourage de jeunes gens, dans le petit bois de l'église ; ensuite ils ont commencé à trouer les murs à jets de grenades et ils sont entrés avec des chansons. D'abord, on se disait qu'ils étaient devenus fous. Ils brandissaient des machettes ou des haches et des lances, et ils criaient : « Nous voici, nous voici, et voici comment on prépare de la viande de Tutsi. »

Par-derrière l'église, les plus hardis d'entre nous se sont faufilés entre les arbres du parc. Nous avons couru sans

réflexion, pour finalement atteindre les marais de Nyamwiza. Le soir, la pluie se déversait sans jamais s'interrompre, et nous avons cherché refuge à l'école de Cyugaro, dans le bois d'eucalyptus, non loin des marais. Cela devait délimiter notre programme de marche pendant un mois : les marais, l'école, les marais. Dans cette école, plus tard, j'ai appris comment papa et maman avaient soupiré la mort. Jusqu'à leur fin, ils sont restés mélancoliques de leur colline natale près de Byumba, où ils s'étaient fait brigander leur logis, avant de venir couvrir une parcelle de haricots ici.

Tous les matins, je préparais aux enfants de la nourriture avec des aliments arrachés des parcelles ; ensuite, je les emmenais à l'avance se dissimuler sous les feuillages des papyrus, en compagnie des grandes personnes qui avaient épuisé leur énergie. Il fallait, les jours de soleil, changer d'endroit, à cause des empreintes de pieds laissées dans la boue séchée. Quand les massacreurs arrivaient, ils chantaient ; et c'était notre tour d'aller nous éparpiller dans les marais. Ils venaient vers 9 heures ou parfois 10 ou 11 heures, s'ils ne voulaient pas trop travailler. Certains jours, ils se déguisaient en diables, avec des pagnes sur les épaules et des coiffures de feuilles sur la tête. Parfois ils tentaient de nous surprendre, posant leurs pas en silence, mais on entendait les cris des singes macaques qui s'enfuyaient à leur passage.

Quand ils attrapaient une famille, ils frappaient premièrement le papa, deuxièmement la maman, puis les enfants, pour que tout le monde observe tout comme il faut. Ils partaient vers 16 h 30 sans tarder, parce qu'ils voulaient rentrer chez eux avant la nuit.

Alors, les fuyards chanceux sortaient et se mettaient à fouiller dans les cachettes, pour essayer de trouver ceux qui avaient été tués. Les plus vaillants montaient vers l'école, pour s'abriter et reprendre un peu de vie commune. Les plus affaiblis se couchaient pour se sécher simplement sous les arbres les moins loin. Nous, la nuit, parce qu'on avait notre maison dans les parages, on rôdait dans nos parcelles attenantes pour amasser des aliments. On essayait de se donner des nouvelles des avoisinants qu'on avait aperçus dans la journée.

Dans les marais, la connaissance avec qui on s'était caché pendant de longues journées, elle pouvait disparaître un soir, sans qu'on ne sache si elle avait simplement pris un autre chemin de fuite, derrière une autre équipe, ou si elle avait été carrément coupée. On ne savait rien de beaucoup d'absents. Si on allait les croiser de nouveau un jour prochain, ou si ça s'était déjà mal fini pour eux.

Je peux dire qu'on s'habituait peu à peu de ne plus rien savoir des connaissances, parce qu'on était préoccupés d'autre chose, de comment ne pas se faire attraper tout de suite avec son équipe. Parfois, on pouvait ne plus remarquer la disparition de quelqu'un avec qui on avait partagé les bancs d'école ou l'*urwagwa* des années durant. Chez un petit nombre de gens même, l'accablement ruinait les sentiments d'amitié et de familiarité. Ça leur devenait difficile, avec la misère et la peur, de ne pas seulement penser à soi tout le temps.

Après la corvée de victuailles, on se recroquevillait ou on s'occupait des mal portants. Le manque de sommeil et d'alimentation nous malmenait dans les marais ; la dysenterie et toutes sortes de diarrhées d'eaux troubles nous accablaient. Mais la malaria, si tenace d'ordinaire, au contraire, se montrait très clémente, et cette observation m'étonne encore. Pas uniquement la malaria, car autour de nous peu de collègues se plaignaient de nos maladies coutumières, de la tête, du ventre ou du bas-ventre pour les femmes. Au milieu de tous les malheurs, ces maladies semblaient nous proposer un petit délai par solidarité.

Le soir du 30 avril, j'ai découvert les dépouilles ensanglantées de Roseline et Catherine, mes deux petites sœurs. Dans la nuit, le chagrin m'a trop embrouillée. Par la suite, la sagesse m'a parfois délaissée dans le marais, quand je voyais qu'ils avaient tué des petits enfants ou des avoisinants intimes, ou quand on entendait les gémissements de ceux qui avaient été découpés.

Je me suis surprise à demander à mourir. Et pourtant, je ne me suis jamais levée de ma cachette quand je devinais des chasseurs. À leur passage, je ne pouvais plus commander mes muscles, ils refusaient de bouger. Au dernier moment, ils ne pouvaient accepter de faire un mouvement pour qu'on vienne me trancher le cou. Comme d'autres gens, qu'on voyait dans les branchages et qui ne pouvaient retenir un dernier geste des bras, au-dessus de la tête, pour éviter la machette qui devait les tuer directement ; même si, de la sorte, les multiples coupures allaient les faire souffrir beaucoup plus durablement. Il se blottit en notre for intérieur une petite nature de survie qui n'écoute plus personne.

Quand les *inkotanyi* nous ont libérés, un après-midi, ils nous ont escortés en troupeau de saletés vers Nyamata. Je ne trouve pas d'autres mots. J'étais vêtue comme une filoute, avec des bouts d'étoffes griffées par les branches. Nous avancions dans un songe ralenti, car nous marchions en plein jour, mais sans être obligés de courir de peur d'être coupés.

Le soir, à Nyamata, des jeunes gens ont capturé une chèvre, ils ont allumé le feu, ils m'ont tendu une brochette. Alors, j'ai goûté de la viande grillée, j'ai pris mon aise, j'ai mangé très doucement ; je me suis allongée calmement sur un matelas, j'ai fermé les paupières, alors j'ai ressenti que j'étais de nouveau moi-même.

J'ai duré trois mois dans le campement. J'étais presque vide d'idées, je ne sentais plus mon intelligence. Je somnolais surtout. Les libérateurs nous disaient que les menaces de massacres s'étaient à jamais éloignées de nos vies, qu'on avait gagné. Mais nous, on se disait à voix basse qu'on ne savait pas ce qu'on pouvait bien avoir gagné puisque qu'on avait perdu le plus important. Puis j'ai décidé de prendre le chemin de Rugarama et d'aller vivre à la maison, même si mes parents ne devaient plus revenir. Avec des avoisinants, on s'est aventurés dans les collines, en quête de tôles et de portes abandonnées sous les arbres par les fuyards hutus. De partout, la brousse mangeait les cultures, les lopins étaient à recommencer, c'était très décourageant, mais les enfants nous poussaient derrière.

En dénombrant ceux de la maison de Claudine, à côté, huit petits enfants ont repris le sentier de l'école vers N'tarama et quatre grands grattent les champs, sauf celle qui garde les nourrissons. Moi, j'ai attrapé un bébé par un homme de passage. L'enfant s'appelle Tuyishime, ça veut dire Fils.

Tous les matins, nous, les grands, on s'en va à 6 heures dans les champs, on revient vers 11 heures chauffer le manger. On se nettoie et on se prépare un petit sommeil, on sort achever la tâche et on revient vers 17 heures pour aller à l'eau. Moi, si le génocide ne m'avait pas arrêtée, je serais infirmière. J'éprouve une grande nostalgie de cette situation et de ses avantages.

Chez nous, les souvenirs du génocide remontent dans les conversations à tout moment. Mais, avec le temps, je me rappelle de moins en moins les images de marais, les visages

des malchanceux, la boue, les fatalités de cette vie de génocide. Je revois de plus en plus la vie d'auparavant, dans la
famille, dans la compagnie des vivants, autour de la maison
et sur les sentiers de colline. Il me revient comment la vie
m'était profitable au milieu de mes parents et avoisinants.
Mais me souvenir plus directement des bons moments
d'autrefois n'allège pas ma tristesse. Au contraire, je crois
que celui qui ne se souvient plus que du génocide, qui
ne pense qu'à ça, qui ne parle que de ça, il baigne dans le
malheur mais au moins il se ronge moins de regrets et d'inquiétudes.

Maintenant, je vois que l'existence est devenue trop
éreintante sur les collines, la terre est trop endurcie pour
laisser percer l'espoir. Le génocide pousse vers l'isolement
ceux qui n'ont pas été poussés vers la mort. Il y en a qui
perdent le goût de la gentillesse. Celle qui avait accouché
ses enfants et qui les a vus tués, celui qui avait construit sa
maison et qui l'a vue brûlée, celui qui faisait paître des
vaches de belles couleurs et qui les sait bouillies dans la marmite, comment les voyez-vous se lever dorénavant chaque
matin, avec rien dans la main ? Il y en a même qui deviennent grondants. Par exemple, si votre vache va manger dans
le champ de quelqu'un, il vous hurle qu'il refuse de s'arranger quant aux dégâts parce qu'il a perdu tous les siens, et il
vous lance des menaces pour une bagatelle.

Toutefois, ce sont les jeunes enfants qui me chagrinent le
plus. Ils ont vu tous ces morts autour d'eux, ils ont peur de
tout et de rien et ils se fichent du reste. J'ai même entendu,
un jour, des enfants qui jouaient aux *interahamwe* et qui
menaçaient de se tuer en paroles. Ce sont de funestes ombres
qui reviennent déguisées dans leurs esprits.

Auparavant, avec les avoisinants hutus, on ne se présentait pas de cadeaux, mais on se partageait la boisson locale et on se parlait comme il le faut ; et voilà qu'un jour ils nous ont nommés « serpents ». C'est devenu une accusation très grave, qui peut-être les a dépassés.

Pendant le massacre de l'église de N'tarama, j'ai reconnu deux avoisinants hutus qui assassinaient en champions, ils sont morts au Congo. Dans les marais j'ai aussi reconnu un cultivateur de voisinage ; il travaillait à la lance pendant les tueries. Il était parti dans le cortège du Congo, il était revenu dans le même cortège deux ans plus tard ; il a attendu les militaires chez lui et leur a dit qu'il ne se souvenait pas de ce qu'il avait fait. Il a été condamné à mort. Je ne sais pas s'ils vont le fusiller un jour sur une colline, en tout cas je ne me dérangerai pas. Vraiment, rien de cela ne me soulage raisonnablement.

Moi, je pense ceci. Ceux qui voulaient seulement voler nos parcelles, ils pouvaient nous chasser tout simplement, comme ils avaient su le faire avec nos parents et nos grands-parents dans le Nord. Pourquoi nous couper en plus ? Il y a des Hutus qui ont coupé la gorge de leur épouse tutsie et de leurs enfants qui n'étaient qu'à moitié tutsis. Beaucoup n'ont pas essayé de dissimuler ces méfaits. À l'inverse même, certains tuaient aux portes des maisons devant un petit public, pour montrer qu'ils étaient des Hutus de confiance et recevoir des compliments de la part des *interahamwe*.

Autrefois, je savais que l'homme pouvait tuer un homme, puisqu'il en tuait tout le temps. Maintenant, je sais que même la personne avec qui tu as trempé les mains dans le plat du manger, ou avec qui tu as dormi, il peut te tuer sans gêne. Une mauvaise personne peut te tuer de ses dents, voilà ce que j'ai appris depuis, et mes yeux ne se posent plus pareil sur la physionomie du monde.

Quand j'entends à la radio les nouvelles de toutes ces guerres africaines, j'ai peur d'une fin prochaine de l'Afrique. Les chefs africains tranchent leurs affaires avec trop de brutalité. C'est un insurmontable problème, pour nous les petites gens. Mais le cas du Rwanda échappe aux coutumes africaines. Un Africain massacre avec la colère ou la faim au creux du ventre. Ou il massacre juste ce qu'il faut pour confisquer les diamants et consorts. Il ne massacre pas le ventre plein et le cœur en paix sur des collines de haricots comme les *interahamwe.* Je crois que ceux-là ont mal appris une leçon venue d'ailleurs, hors de l'Afrique. Je ne sais pas qui a semé l'idée de génocide. Non, je ne dis pas que c'est le colon. Vraiment, je ne sais pas qui, mais ce n'est pas un Africain.

Je ne comprends pas pourquoi les Blancs nous ont observés si longtemps, quand on subissait tous les jours les lames. Vous qui avez assisté au génocide sur les écrans de télévision, si vous ne savez pas pourquoi les Blancs n'ont fait aucun geste de remontrance, pourquoi moi, dissimulée dans les marais, pourrais-je le savoir ?

Je ne comprends pas pourquoi certains visages de souffrance, comme ceux des Hutus au Congo ou des fuyards du Kosovo, attendrissent les étrangers et pourquoi les visages de Tutsis, même taillés à la machette, ne provoquaient qu'étourderie ou négligence. Je ne suis pas sûre de croire ou de comprendre la pitié d'un étranger. Les Tutsis étaient peut-être simplement cachés trop loin de la route, ou peut-être n'ont-ils pas montré de visages valables pour ce genre de sentiment.

En tout cas, ce qu'ont fait les Hutus, ce sont des diableries qui ne se discutent pas. Voilà pourquoi, tant qu'il y aura des *interahamwe* et leurs acolytes incarcérés à Rilima, je continuerai de frémir quand j'entendrai parler à voix haute, entre les feuilles des bananeraies.

La maison terre-tôle de Claudine

Le sentier qui mène chez Claudine Kayitesi grimpe une pente raide et argileuse, disparaît dans le fouillis d'une bananeraie et débouche sur une haie de fleurs. Sa maisonnette est une construction non durable. Dans le Bugesera, les diverses façons de bâtir les murs classifient les habitations en non durables, semi-durables et durables. C'est-à-dire en parois de boue séchée plaquées contre une armature de troncs d'arbres, en adobes de boue mêlée à de la paille, recouverts de crépis ou de ciment, en briques cuites ou moellons de ciment. Les toitures sont le plus souvent en tôles, dépareillées, calées par des pierres, ou neuves, vissées et jointes. La maison de Claudine, œuvre de son père il y a une dizaine d'années, montre de profondes lézardes. Cependant, au contraire de la maison de Berthe, son amie voisine, la sienne n'est pas inondée sous les trombes d'eau à la saison des pluies.

On entre dans une pièce blanchie à la chaux, meublée d'une table basse et de deux chaises, décorée de plusieurs bouquets de fleurs du jour. C'est là que la famille attend la fin des averses. Un pan de tissu sépare le salon d'une chambre arrière, garnie de deux lits en planches. Sur une table sont rangés une bible, une corbeille de fleurs artificielles de communion, un fer à repasser à charbon de bois et une trousse de couture. C'est la chambre de Claudine et d'Eugénie, sa petite sœur qui l'aide à élever les enfants. Sur la droite, un cagibi aveugle abrite des sacs de haricots, des sachets de sel, de riz, une cruche, un savon. Nulle trace d'un paquet de bonbons ou de biscuits. Un sac de voyage rempli de vêtements remplace une penderie. Le cagibi donne sur une troisième chambre. Un matelas recouvre un sommier en terre moulé à même le sol. Là, dorment les enfants, Jean-Petit, Joséphine et la fluette Nadine, âgée de quelques mois.

Aucune image, aucun calendrier ou vieille affiche de publicité ne décore les murs comme chez Berthe ou Jeannette. Le sol en terre est méticuleusement nettoyé à l'aide d'un balai de feuilles, de même que la cour.

Dehors, un superbe récamier en menuiserie rustique et un banc longent le mur. C'est là que l'on bavarde lorsqu'il ne pleut pas. La cour est vaste et bombée. Elle est protégée par une haie d'euphorbes sur laquelle sèchent des tissus, du linge. À l'ombre d'avocatiers, un carré de verdure encadré de massifs de fleurs et surplombé d'arbustes jaunes et odorants accueille les assemblées du soir. Au fond, une claire-voie de branchages sert d'étagère à une batterie de casseroles, tasses, Thermos, dons d'associations humanitaires, ainsi qu'aux seaux qui servent lors de la toilette à se jeter de l'eau à tour de rôle. La cuisine se trouve dans une cabane de terre-tôle, où l'on ne tient qu'assis. Sur un feu de bois cuisent dans une énorme bassine des bananes et des haricots, servis aux deux repas du jour. Demain ce sera manioc et haricots, après-demain maïs et haricots. Chez les Rwandais, un jour sans haricots est un jour qui ne va pas.

L'enclos de la vache et du veau, à côté de la cuisine, est constitué d'épaisses branches piquées dans le sol. La vache est maigre, parce que les enfants, au retour de l'école, n'ont pas assez de temps pour l'emmener brouter à satiété. Elle fournit peu de lait. À moins de quatre ou cinq vaches, il n'est pas rentable d'embaucher un petit berger. Claudine explique qu'elle ne peut pas non plus prendre le risque de glisser la sienne dans le troupeau d'un éleveur, car, en cas d'escapade dans un champ, elle ne pourrait payer ses dégâts. Le veau n'est pas plus rondouillard que sa mère, mais il est vif. Dans le fumier, deux ou trois poules s'asticotent, leurs poussins ne survivent guère aux chats sauvages. Derrière la cuisine, à la limite de la bananeraie, se trouve l'abri terre-tôle des toilettes.

Les maisons les plus proches sont celle de Berthe et, trois cents mètres plus bas sur le chemin, celle de Gilbert et Rodrigue, deux frères adolescents qui survécurent côte à côte dans les marais. La source d'eau se trouve à six cents mètres de chez Claudine.

Au crépuscule, la famille se réunit autour d'une lampe à pétrole bricolée avec une gourde métallique et une mèche d'étoupe. Du matin au soir, la maison est égayée par un inouï concert de chants d'oiseaux, badins ou langoureux. Néanmoins, Claudine rêve d'un poste de radio, à défaut d'une radiocassette, pour agrémenter les longues veillées ténébreuses. Elle rêve aussi d'un vélo qui lui permettrait de monter ses bidons d'eau et ses achats depuis N'tarama, de descendre ses régimes de bananes au marché et surtout de se rendre plus souvent à Nyamata, visiter des gens et prendre de la distraction.

Ni la sécheresse qui brûle sa bananeraie, ni les soucis de sa nombreuse famille, ni la dureté des travaux « d'homme » n'arrachent chez elle la moindre plainte et n'érodent un humour attachant.

Claudine Kayitesi, 21 ans, cultivatrice
Colline de Rugarama (Kanzenze)

C'est un fait que, chez nous, le génocide s'est déroulé du 11 avril à 11 heures jusqu'au 14 mai à 14 heures. J'étais en huitième et dernière année de l'école de Nyirarukobwa lorsqu'il nous a atteints. Il m'a appris deux leçons. La première est qu'il manque un mot en kinyarwanda pour désigner les méfaits des tueurs d'un génocide, un mot dont le sens surpasse la méchanceté, la férocité et cette catégorie de sentiments existants. Je ne sais si vous disposez de ce mot dans le vocabulaire français.

La deuxième leçon m'est amère, sans toutefois être grave. Elle est que des rescapés, parfois ceux qui ont trop souffert, peuvent se chamailler, eux aussi, pour des bêtises de convoitise par la suite. Même s'ils ont partagé du manioc cru et un terrible destin, s'ils se sont gratté les poux et les vermines dans les cheveux et le dos, unis comme les enfants d'une grande famille, la misère et l'ingratitude peuvent les séparer. Comme si cette trop nécessaire fraternité dans les marais avait asséché pour l'avenir leur possibilité d'entraide et de bienveillance.

Avant le fatal mois d'avril, nos cultivateurs étaient préoccupés par la mauvaise oreille de la guerre. Quand on allait puiser l'eau, on entendait des avoisinants hutus qui mêlaient ce genre de remarques à leurs bavardages : « Les Tutsis se mettent à ramper comme des serpents, ils vont finir sous nos pieds », et des intimidations consorts. Des troupes joyeuses scandaient des menaces sur le chemin. Je voyais à leurs bras des machettes brillantes qui ne devaient pas être salies dans les bananeraies, je m'attendais donc à une aggravation rapide.

À la nouvelle de la chute de l'avion, j'ai rejoint des fuyards dans la forêt de Kinkwi. Nous avons essayé de nous défendre, à coups de pierre. Mais nous étions défaillants et nous avons quitté les terres pour nous réfugier avec tout le monde à l'église. À la première explosion de grenade, j'étais bienheureusement près de la porte de derrière, j'ai réussi à m'esquiver. Je savais que les collines étaient accaparées par les *interahamwe*, j'ai couru en direction des marais, à tort et à travers, sans me retourner. J'entendais d'autres fugitifs dans les fourrés. On connaissait les marais de réputation. On ne s'en était jamais approché auparavant, à cause des moustiques, des serpents et de la méfiance qu'ils répandaient à perte de vue. Ce jour-là, sans ralentir la course d'un pas, on a plongé à plat dans la vase.

La nuit, la forêt d'eucalyptus semblait calme, on a marché jusqu'à Cyugaro. Peu à peu, les fuyards les plus chanceux des bananeraies nous ont ralliés. Notre emploi du temps de survie s'est répété. À l'aube, on descendait dans les marécages, on se faufilait dans les papyrus. Pour éviter de mourir ensemble, on se divisait par petites équipes. On posait trois enfants là, deux enfants plus loin, deux enfants dans un autre endroit. On multipliait les chances, on se mettait en position couchée dans la boue, on s'enveloppait de feuillages. Avant l'arrivée des assaillants, on échangeait des idées pour esquiver la peur ; après on ne pouvait même plus chuchoter. On buvait l'eau du marais pleine de boue. Elle était vitaminée, excusez-moi l'expression, du sang des cadavres.

On entendait les *interahamwe* de loin sans difficultés. Ils chantaient et sifflaient, ils tiraient en l'air des coups de fusil mais ils se gardaient bien de gâcher des balles à tuer des gens sur-le-champ. Les premiers jours, ils s'accroupissaient et susurraient des mots aimables pour nous appâter : « Petit-petit, ou maman, sortez on vous a vus… » Eh bien, même les peureux qui ne pouvaient s'empêcher d'obéir, n'étaient pas récompensés d'un rapide coup de fusil. Raison pour laquelle, par la suite, ni les malades, ni les nourrissons, ni personne ne remuaient plus jusqu'aux coups de sifflets du départ.

Le soir, comme Berthe vous l'a exposé, on préparait la nourriture des enfants, on mangeait le plus qu'on trouvait : du manioc, des patates douces, des bananes, pour se fortifier et tenir le lendemain. Puisqu'on ne pouvait rien emporter pour la journée, on se faisait des provisions de ventre, si je puis dire. On couchait les enfants dans l'enclos ou dans la cuisine, jamais dans la maison. On parlait à voix basse pour ne pas réveiller la curiosité des tueurs. On décrivait les cadavres qu'on avait vus dans la journée, comment ils avaient été coupés ; on dénombrait ceux qui n'étaient pas présents au bord du marais, et d'en déduire directement ceux qui avaient été attrapés dans la journée. On se demandait qui allait être tué le lendemain. Après les premières séances de tueries, on ne se demandait plus pourquoi on devait mourir. Cette question nous était devenue négligeable. Mais on pensait beaucoup au comment. On tentait d'imaginer quelle devait être la souffrance de mourir sous la machette. Moi, en tout cas, j'étais très préoccupée de ça.

On ne trouvait jamais à nous chamailler, puisqu'on ne pensait qu'à la mort et qu'on devait s'entraider. On dormait à tour de rôle. Vers 5 heures du matin, on commençait à redescendre le chemin, très tranquillement parce qu'on savait les *interahamwe* assoupis. On attendait le lever du jour au bord du marais et les attaques qui allaient recommencer. On portait le même vêtement déchiré, on ne souffrait plus d'impudeur puisqu'on se savait identiques. On collaborait les uns les autres à se retirer des kilos de poux dans les cheveux. Les moustiques n'hésitaient pas à nous piquer à l'occasion, mais, d'une certaine façon, on était un peu bardés face à la malaria par notre saleté boueuse. On a duré dans cette existence hagarde. On était oubliés du temps. Il devait continuer de passer pour d'autres, des Hutus, des étrangers, des animaux, mais il ne voulait plus passer pour nous. Le temps nous négligeait parce qu'il ne croyait plus en nous, et nous, par conséquent, on n'espérait rien de lui. Donc, on n'attendait rien.

Certains jours, quand ils attrapaient une petite compagnie, ils emmenaient une fille, sans la tuer tout de suite, pour la forcer à la maison. C'est comme ça que des filles se sont sauvé la vie quelques nuits supplémentaires, grâce à la beauté. C'est une coutume des hommes de chez nous de ne pas tuer eux-mêmes les filles qu'ils ont pénétrées, parce qu'ils craignent un mauvais sort à mêler les deux genres de sentiments. Mais, par après, d'autres collègues à eux coupaient les filles et jetaient les corps dans les fossés.

Certains jours, les Hutus travaillaient essentiellement de l'autre côté du marais, donc on pouvait bavarder et même manger un petit morceau de survie. Le lendemain, ils travaillaient très dur de notre côté ; donc on n'osait même plus respirer et les enfants risquaient d'être mangés par la faim.

Les criminels n'enterraient pas les victimes, car le trop grand nombre les décourageait. Ils préféraient terminer le boulot de tuer, sans rajouter de fatigue à nettoyer les traces. Ces gens-là étaient trop sûrs de se débarrasser de tous les

Tutsis, ils en déduisaient que plus personne ne viendrait plus se mêler de leurs affaires au Rwanda.

Le 30 avril précisément, ils sont descendus par tous les chemins. Ils ont attaqué de tous les côtés, ils formaient une cohue très excitée ; ils avaient un vaste programme pour tuer toute la journée sans s'interrompre à midi. Ce soir-là, il y avait des milliers de cadavres et d'agonisants, au fond des mares, dans toutes les directions ; j'étais trop découragée, j'ai pensé m'oublier allongée dans l'eau du marais mais je n'osais quand même pas attendre la machette. Je ne connais personne qui se soit donné la mort. Je pense qu'on était trop préoccupés à se sauver pour gâcher du temps à des pensées pareilles. Je ne rencontre personne qui se dise honteux d'être rescapé ; seulement quelques personnes, qui se sentent mal à l'aise, si par exemple, un jour, elles n'ont pas fait quelque chose de vital qu'elles pouvaient bien faire.

À entendre les Blancs, le génocide est soi-disant une folie, mais ce n'est pas si vrai. C'était un travail minutieusement préparé et proprement accompli. À écouter des avoisinants hutus, ils ont soi-disant tué quelques personnes sous la menace d'être tués ; c'est seulement vrai d'un petit nombre. Parce que le cultivateur fainéant, son champ ne va guère verdoyer ; le chauffeur négligent, son camion va tomber en panne ; mais dans les marais, on comptait les dizaines de cadavres sans remarquer aucune fainéantise ou négligence chez nos compatriotes hutus.

La vérité est que grand nombre de Hutus ne supportaient plus les Tutsis. Pourquoi ? C'est une question durable qui hante toutes les bananeraies. Moi, je vois qu'il y a des différences entre les Tutsis et les Hutus, qui rendent ceux-ci trop soupçonneux. Les Tutsis sont parfois formés de cous plus élancés et de nez plus droits. Ils ont les visages plus minces, en quelque sorte. Ils sont plus sobres de caractère et plus apprêtés. Un Hutu n'aura jamais peur de se présenter, à la porte d'un bureau ou d'un dispensaire, dans sa tenue des champs ; un Tutsi, lui, il changera de vêtements. Mais, quant à la richesse et à l'intelligence, il n'y a aucune différence. Beaucoup de Hutus se méfient d'une soi-disant malice, dans le caractère ou l'esprit tutsi, qui n'existe même pas.

Les Hutus disaient aussi qu'on possédait trop de vaches ; ce n'était pas vrai. Mes parents n'élevaient pas de vaches. Nos avoisinants n'avaient pas de vaches, et ils étaient plus nombreux et nécessiteux. Les vaches, elles attendent sur le marché celui qui veut les acheter avec de l'argent. La vérité est que les Hutus n'aiment pas la compagnie des vaches. Un Tutsi, quand il croise un élevage de vaches dans un bosquet, il voit une bonne fortune. Un Hutu, quand il croise des vaches, il ne regarde que les sabots et les soucis.

Les Hutus murmuraient aussi : les Tutsis sont arrogants, ils ne veulent pas marier des Hutus, ils ne veulent pas offrir une dot à des familles Hutus. Mais une fille tutsie qui suit un mari sur une colline hutue, si les Hutus se mettent à tuer des Tutsis dans le voisinage, elle ne va pas se sentir en sécurité et elle va retourner seule et sans rien dans sa famille.

Moi, je vois que les extrémistes hutus, ils coupent simplement les Tutsis pour raccourcir leurs femmes qui sont trop longues à leur goût, et manger leurs troupeaux qui mangent trop d'herbe, et accaparer leurs parcelles. Raisons pour lesquelles ils les accusent sans motif d'être des cancrelats pullulants.

Je pense souvent que nous sommes les oubliés de l'Afrique. Nous vivons dans l'Afrique des Français, mais les

Français n'ont de bon œil que sur les Hutus. Je ne sais pas pourquoi les Blancs se méfient des Tutsis. Peut-être parce que les Tutsis se façonnent leur propre instruction et qu'ils sont moins naturels. Moi, je vois que, les Blancs, ils se scandalisent du génocide ; mais le dos tourné, ils disent que les Tutsis l'ont quelque peu appelé par leurs manières envers les Hutus, ou des croyances pareilles. Les Blancs ne veulent pas voir ce qu'ils ne peuvent pas croire, et ils ne pouvaient pas croire à un génocide parce que c'est une tuerie qui dépasse tout le monde, eux autant que les autres.

Il faut toutefois rappeler une vérité beaucoup plus importante : nos frères africains n'ont pas fait un petit geste de plus que les Blancs pour nous sauver la vie, et pourtant personne mieux qu'un Noir n'entend l'infortune d'un autre Noir, du fait des accoutumances et langages héréditaires. À cause de cette sécheresse de cœur, nous allons demeurer seuls sur les collines au milieu de troubles menaces.

Mais je me félicite quand même d'être tutsie, car sinon je serais hutue.

Une seule fois, je suis retournée avec une copine dans les marais, afin de revoir ces cachettes de boue où nous avons vécu, les mares où ont expiré tous ces avoisinants. Puis je n'y suis simplement plus allée. Souvent, la nuit, des images insistent en rêve ; je revois des visages qui me regardent sans mot dire, et quand je me réveille, je sens un malaise entre moi et eux, qui ont été coupés. Non, je ne me sens pas blâmable. Je ne suis pas fautive, parce que je pouvais rien faire pour eux. Toutefois, je ne me sens pas bienheureuse de la chance que j'ai eue. Je ne sais pas comment expliquer ce sentiment, puisqu'il concerne une relation très intime entre moi et des gens qui ne sont plus vivants. Je suis gênée et très angoissée quand je pense à eux. Je ne suis pas uniquement triste comme auprès de morts ordinaires.

Je travaille dans l'agriculture pour donner de la nourriture aux enfants. Nous sommes dix enfants sans parents, dans les deux habitations, et je suis la plus âgée. Un avoisinant nous a retrouvé une vache, elle nous a déjà donné un veau, elle apporte aussi un peu de lait aux petits et du fumier à la bananeraie. Le samedi, je fais aide-maçon pour gagner des petits sous à N'tarama, je reçois de l'aide du Fonds des rescapés.

Quand je passe devant l'église du Mémorial, je n'aime pas regarder tous ces ossements sans noms. Parfois, j'accompagne quand même des visiteurs étrangers égarés sur le chemin, et je ne peux m'empêcher de fixer les crânes. Je suis mal à l'aise de l'impression que donnent ces orbites creuses, de gens qui ne sont peut-être pas en repos, après ce qu'ils ont souffert et qui ne peuvent enfouir sous terre leur humiliation.

Les *interahamwe*, souvent, quand ils avaient tué une personne, ils prenaient ses vêtements s'ils les trouvaient valables. Nous, quand on rencontrait ces cadavres tout nus qui avaient été découpés, ceux des vieilles personnes, ceux des jeunes filles, ceux de tout le monde en quelque sorte, cette vision de nudité nous brûlait les nerfs d'une terrible façon. Ces corps nus à l'abandon du temps, ils n'étaient plus tout à fait eux, ils n'étaient pas encore nous. Ils étaient un cauchemar véridique, je ne pense pas que vous pouvez comprendre.

Parfois, je vais prier dans une église, parce que j'ai eu l'opportunité d'être baptisée. Je ne demande désormais qu'une chose à Dieu : de m'aider à ne pas devenir méchante à l'encontre de ceux qui nous font tout ce mal. Rien de plus, vraiment. Je ne veux pas goûter à la revanche.

Je ne dis pas catégoriquement que je ne me marierai jamais. Mais quel homme voudrait donner son argent pour nourrir tous ces enfants non accompagnés qui mangent dans ma maison ? En Afrique, quand tu es dans le malheur, un ami vient t'apporter de la boisson ; il te réconforte avec des mots adoucissants, il prend tout son temps afin d'encourager ton moral, il prend soin de ta santé si tu souffres de la fièvre ; mais pour le don d'argent, c'est très différent. En Afrique, le sang familial est très important quant au partage des choses matérielles. Hors de la famille, on se balance plus aisément des mots de gentillesse que des billets d'argent.

Souvent je me revois jadis, avec papa et maman, avec les frères et sœurs, je pense aux bancs de l'école, aux livres que je caressais du plat de la main, au métier d'enseignante que j'entrevoyais, et je peine à goûter à la vie. Avant, j'aimais lire les histoires dans les livres. Aujourd'hui, le temps ne me vient guère en aide, je n'en trouve plus l'opportunité, et je n'en croise plus le moindre exemplaire. Je ne pense pas que le génocide ait changé ma personnalité, sauf que je subis beaucoup la solitude, et cela peut me troubler. Quand je me trouve trop isolée, au milieu de tristes pensées, je me lève et je me dirige chez les voisins, des enfants non accompagnés comme nous, et nous écoutons des morceaux de théâtre à la radio. Je les apprécie beaucoup. Ça nous fait imaginer des personnages lointains et toutes leurs bagatelles.

Je pense que malgré tout il est bénéfique de raconter ce qui s'est passé. Même s'il est tourmentant, pour nous rescapés, de remuer ces souvenirs devant des étrangers, et même si la vérité ne pénètre pas les cœurs durs. Mais je ne peux pas vous aider par des éclaircissements très utiles sur l'origine du génocide.

Je pense d'ailleurs que personne n'écrira jamais toutes les vérités ordonnées de cette tragédie mystérieuse ; ni les professeurs de Kigali et d'Europe, ni les cercles d'intellectuels et de politiciens. Toute explication sur ce qui s'est passé faillira d'un côté ou d'un autre, pareille à une table bancale. Un génocide n'est pas une mauvaise broussaille qui s'élève sur deux ou trois racines ; mais sur un nœud de racines qui ont moisi sous terre sans personne pour le remarquer.

Moi, je ne gaspille plus de pensées à comprendre mes anciens avoisinants. Je blague parfois de tout cela pour montrer bonne figure, cependant que mes lèvres savent qu'elles mentent à mon cœur. Je suis très bousculée par cette malédiction, je la contiens en moi, je l'empêche de me déborder, je reste calme pour les enfants.

Crépuscule sur la permanence

Le soir, à Nyarunazi, peu après que le soleil a plongé dans les marais de Rulindo, au-delà de la rivière Akanyaru, les hommes sortent des maisons et se retrouvent dans l'ancien dépôt de grain. Ils s'assoient par terre ou sur de bas tabourets, s'adossent aux murs. L'un d'eux pose un jerrican d'*urwagwa* au milieu de la pièce et plante un roseau dans l'orifice. Les hommes s'accroupissent à tour de rôle près du bidon et aspirent de longues gorgées. Ils bavardent dans l'obscurité, de l'époque d'avant-guerre, où Nyarunazi, à flanc d'une forêt d'hévéas, à mi-chemin entre N'tarama et Kibungo, était le plus chaud des négoces. Ils parlent aussi des femmes qui ne sont plus là, de celles qui ne sont plus comme avant. Ils taquinent le garagiste qui vient de brader son dernier cric et se moquent de la radio qui vient de s'éteindre, à bout de piles. Ensuite ils boivent sans plus parler et, plus tard, s'assoupissent contre le mur du dépôt ou s'en vont chez eux en titubant.

Les étoiles dans un ciel limpide sont les seules lumières sur le hameau. Sur le chemin qui descend de Nyarunazi vers la grande piste, des silhouettes silencieuses défilent en petits groupes. Parfois elles discutent à voix très basse, comme si elles craignaient de troubler le sommeil des bananiers. En pleine nuit, dans le Bugesera, le plus étroit sentier n'est jamais désert. Des gens remontent sans cesse sur leurs collines. Des fonctionnaires retenus par une réunion, la veste sur l'épaule, des cultivateurs attardés au cabaret par une dernière Primus, des femmes ralenties par des enfants drapés dans leur dos ou par des sacs de haricots empilés sur leurs têtes. Entre les *tio ooo* stridents de gonoleks noctambules et le beuglement du bétail s'immiscent les appels lancinants des coucous. Beaucoup de villageois âgés, lents, s'appuyant sur un bâton, la femme derrière l'homme, marchent depuis le début de l'après-midi. D'autres partent déjà dans la nuit pour attraper à l'aube un camion à destination de Kigali.

À l'approche de Nyamata, dans le quartier Gatare, les croassements des grenouilles se répondent, de mare à mare, en une cacophonie tonitruante. Le rougeoiement des braises éclaire des assemblées dans les cours, des enfants vadrouillent entre les broussailles. Sur le terrain de football, des gamins jouent autour d'un seul but dans les ténèbres pour profiter le plus possible d'un vrai ballon à lamelles de cuir, prêté par leurs aînés jusqu'au lendemain matin.

Dans la grand-rue, la poussière rouge est tombée en même temps que la nuit et le vent. Les derniers véhicules sont rentrés derrière des palissades, les chèvres du petit marché sommeillent, ficelées. Sur la place, des adolescents bavardent ou écoutent de la musique devant les salons de coiffure. Des mobylettes transportent des couples enlacés par l'amour ou par les soubresauts de la chaussée. De pâles néons éclairent les cabarets. Sous un auvent, assis sur une caisse, Chicago supervise la distribution des casiers de bière qui partent de son entrepôt. Chicago est l'un des rares hommes replets de la ville, d'où sans doute son surnom et sa bonhomie. Au moyen d'une dégrafeuse, il décapsule les bouteilles, qu'il vous glisse dans la main comme un objet de délit. Il a survécu aux massacres en traversant à pied le pays depuis Gikongoro, une ville du Sud, où il n'est jamais revenu à ses affaires.

En face du carrefour est garée la camionnette neuve de Théoneste, la première depuis la guerre. Théoneste porte une moustache et des vêtements mode « diaspora de Kigali ». Il était le tailleur le plus prisé de la région, autrefois, lorsque les notables et leurs épouses s'habillaient de costumes et de boubous chics. Il était de l'équipée de la forêt de Kayumba, avec Innocent, Dominique, l'un des directeurs du centre de rééducation, Benoît, le cow-boy débonnaire… cette vingtaine de coureurs qui en réchappèrent. Théoneste, lui, réussit la prouesse quasi unique de s'évader de la colline pour atteindre la frontière du Burundi à la troisième tentative. Sans doute puise-t-il dans cet exploit miraculeux d'incessants fous rires communicatifs. Son bazar ne désemplit pas d'une bande de buveurs. Une arcade plus loin, des lettres en néon indiquent l'entrée du Club, rendez-vous des jeunes de bonne famille du Burundi qui se remémorent, le vague à l'âme, les nuits de Bujumbura.

Toujours sur la grand-rue, une enseigne en drap bleu tendue entre deux piquets annonce l'ouverture d'un nouveau restaurant, La Permanence. Les murs sont peints en vert de jade, des nappes en tissu de pagnes brodées recouvrent les tables. La patronne se nomme Sylvie Umubyeyi. Elle passe le soir uniquement, faire un brin de causette aux clients et veiller aux affaires, car dans la journée elle disparaît dans la brousse.

Dès le premier contact, les yeux noirs de Sylvie révèlent une étrange beauté, sereine, brillante. Le délice de sa voix avive la séduction, puis l'élégance de son langage, quand elle répond par exemple, lorsqu'on lui demande le secret de si jolies phrases : « Ça coule comme ça, parce que, si on revient de là-bas, on a voyagé dans le nu de la vie. »

Sylvie est une rescapée de Butare, ville universitaire au sud-ouest du pays. À son arrivée à Nyamata, à la fin du génocide, elle ne connaissait personne en ville, encore moins dans les environs dévastés, désertés ou peuplés de morts. Depuis, elle est assistante sociale dans ces collines, où chaque matin, avec son équipe, elle invente un métier unique.

Tôt, elle part en camionnette à travers les champs et les taillis, parcourt les bananeraies, se fraie un chemin dans les forêts, à la recherche d'enfants, sortis vivants des marécages, revenus des camps du Congo, cachés entre des murs de torchis, en errance dans les brousses ou les plantations de haricots. Elle les visite, les enregistre, établit le dialogue et repart plus loin.

Quand elle approche d'une masure de pisé, elle appelle avec politesse pour s'annoncer, serre les mains de tous les enfants qui déboulent des parcelles et bosquets des environnants. Elle visite un enclos, inspecte une fuite sous une tôle, observe les uniformes et les cahiers scolaires, s'enquiert de la poule, parle semences, insomnies, fugues, avec les enfants et les adolescents. Elle s'assied sur un tronc d'arbre, bavarde d'une voix paisible et enjouée, elle écoute sans se soucier du temps. Un calepin relié de cuir et un Bic qu'elle tripote entre ses doigts fébriles sont ses outils de travail. Sous une allure joyeuse, Sylvie se montre pragmatique, exigeante et méticuleuse.

Avec ses économies, elle a acheté une vache à chacun de ses cinq enfants, elle vient d'ouvrir ce restaurant La Permanence pour entretenir la famille élargie qui peuple sa

maison. Elle déborde d'énergie parce qu'elle aime son travail. Elle est coquette parce qu'elle « ne recule pas dans
l'âge », chaque jour elle revêt un tenue différente, robe fleurie, jean moulé ou pagne bariolé. Elle se montre allègre, et
d'une étonnante lucidité sur le monde alentour. Lorsqu'elle
raconte son histoire, elle se pince parfois l'arête du nez et
ferme les yeux, écoute un long moment les chants des
grillons pour contenir deux larmes.

Sylvie Umubyeyi, 34 ans, assistante sociale
Nyamata Gatare

Pour le voyage, on s'était assemblés à trois ou quatre familles dans un grand véhicule et on avait suivi la route de Kirundo. Le mois de juin penchait sur sa fin. Moi, j'étais une survivante de Butare, mais je n'emportais pas l'espoir de poursuivre jusque chez moi, car les tueries là-bas n'étaient pas terminées.

En ces jours-là, il était encore impensable de se déplacer vers n'importe quelle préfecture. Nous avons donc traversé le Bugesera, que je ne connaissais pas. C'était la première région à connaître une petite sécurité, parce que le géno-cide venait d'y être interrompu. Elle ressemblait à un grand désert. On ne pouvait encore pas se disperser dans les sec-teurs environnants, et les passagers qui s'éloignaient de la route, par exemple pour trouver à manger dans les champs, devaient être accompagnés, de crainte de maraudeurs *inter-ahamwe*.

Quand nous sommes arrivés à Nyamata, nous ne pou-vions aller plus loin ; on nous a déposés à la commune. Nous avons cherché un toit, une ou deux familles par chambre. Avant la guerre, on disait de Nyamata qu'elle était une bonne petite ville. Mais dès le premier coup d'œil j'ai vu qu'il y avait eu trop de guerre, trop de maisons brûlées, trop de cicatrices et d'infirmités sur les personnes. La ville était plus que souillée. Il y manquait surtout beaucoup de gens. Sur la route, j'avais pris connaissance des massacres dans les églises, je savais que presque tous les habitants avaient disparu, comme à Butare. Mes impressions immé-diates ont été que le destin serait ici très démoli.

Très vite, on a vu aussi dans le détail que l'existence des vivants était bouleversée, comme si chacun peinait à chercher la sienne pour son propre compte. On devinait que les gens se fichaient de tout, ils n'entrevoyaient plus l'avenir, il n'y avait d'espérance nulle part, les esprits des gens semblaient très handicapés. Je donne un exemple. On entrait par hasard dans un logis détérioré pour faire une visite de bonne entente ; on voyait une petite famille par terre ; on disait à l'homme : « Toi, pourquoi dors-tu comme ça, dans la poussière et dans le dérangement, sans prêter attention aux tiens ? » Il répondait, sans même se lever : « Ce n'est plus intéressant pour moi. J'avais une femme, elle est morte. J'avais une maison, elle est écrasée. J'avais des enfants, plusieurs sont tués. Ce qui m'importait, je l'ai perdu complètement. »

Moi, j'avais voyagé avec mon mari, mes deux enfants, des petits frères et sœurs et un nouveau-né mis au monde pendant le génocide. Les trois premiers mois à Nyamata, je suis restée sans presque sortir de la maison, accaparée de corvées du ménage. La vie était très difficile parce qu'il n'y avait rien. On devait passer quatre ou cinq heures sans trouver même un plein seau d'eau à boire ; la nourriture la même chose, le bois la même chose.

Ce n'était pas un problème de ne connaître quiconque de la région, parce que nous étions arrivés en une petite compagnie de connaissances de Butare, et parce que personne, d'ailleurs, ne semblait reconnaître personne ici même. Par la suite, au mois de septembre, j'ai appris qu'une organisation canadienne cherchait une assistante sociale, je me suis présentée à l'entretien, j'ai attrapé le boulot. J'ai commencé à voyager sur les collines. Alors, j'ai regardé dans le nu de la vie.

À l'époque, de très rares véhicules roulaient encore en ville. L'un d'entre eux nous déposait le matin vers 8 heures dans la brousse, nous partions à pied, et il venait nous reprendre au même endroit à 17 heures. Nous avons commencé ainsi à marcher à la découverte des enfants non accompagnés – c'est-à-dire sans parents ni adultes auprès d'eux – qui avaient été éparpillés sur les collines par les tueries. Ça dure encore aujourd'hui. On continue de visiter les habitations, on pénètre dans les bananeraies, on identifie les enfants qui se sont assemblés ou qui vivent parfois seuls dans des cabanons, sans même un siège ou une couverture.

La rencontre avec ces enfants me touche très fort, parce que leur situation est misérable de tous côtés. Tous échappent d'histoires différentes : ceux qui ont survécu dans les champs de sorgho, ceux qui ont survécu dans les marais ou au fond d'une fosse, ceux qui ont voyagé très loin, au-delà du pays, sur des chemins d'embûches. Ces enfants sont ébranlés, mais pas pareillement. Il y a ceux qui veulent parler mais dont les idées ne sont pas assez ordonnées. Ceux qui n'arrivent plus à exprimer quelque chose sauf pleurer, tout simplement. Ceux qui disent : « J'ai déjà pleuré, mais ils ont quand même tué mon papa, ma maman. J'ai pleuré mais je n'ai rien à manger, je n'ai pas de toit sur ma tête. J'ai pleuré mais je n'ai rien pour aller à l'école, maintenant je ne veux même plus pleurer, ni pour moi ni pour personne. »

Il y a des enfants qui parlaient très facilement après le génocide, mais qui maintenant se taisent. Ils ne trouvent plus leur intérêt à parler. Au début, ils racontaient les tueries sur le ton d'histoires extraordinaires et terribles, comme si elles étaient d'une énorme importance, mais qu'elles allaient se terminer en étant racontées, ou qu'elles allaient bien finir si elles étaient écoutées avec attention. Par après, leurs espérances s'envolent avec leurs paroles. Le temps leur fait comprendre comment leur vie a changé, combien ces histoires sont vraies. Ils ressassent ce qu'ils ont vécu dans les marais, ils comprennent que plus personne ne pourra remplacer ceux qu'ils ont perdus, ils se murent dans un mauvais rêve silencieux. Il y a ceux qui sont très frustrés, ou très confus, ou très révoltés. Alors, moi, je me suis peu à peu habituée à eux.

Pour tisser un fil jusqu'à une personne qui a été meurtrie, il faut l'encourager d'abord à s'ouvrir un peu et à se décharger de quelques pensées, dans lesquelles apparaîtront les nœuds de son désarroi. Pour cela, j'adopte une stratégie simple. Je m'approche de cette personne, je prends un petit moment de silence, je commence à lui parler et dis : « Moi aussi je suis une rescapée. Moi aussi, ils ont tout fait pour que je ne sois plus vivante. Moi aussi, je sais que tous mes parents sont morts, j'ai vu à quelques mètres devant moi les *interahamwe* transpercer les gens de leurs lances. Moi aussi, j'ai vécu cette situation. Nous deux, nous allons vivre désormais avec ces vérités. » Ainsi, la personne commence à me sentir moins étrangère et elle se réconcilie un peu avec la confiance.

Le génocide ne ressemble à aucune autre tourmente. Voilà une certitude que j'ai recueillie de colline en colline. Partager en paroles le génocide avec quelqu'un qui l'a vécu, est très différent de le partager avec quelqu'un qui l'a seulement appris ailleurs. Après le passage du génocide, il subsiste, enfouie dans l'esprit du rescapé, une blessure qui ne pourra jamais se montrer en plein jour, aux yeux des autres. Nous, nous ne connaissons pas exactement la nature de la blessure cachée, mais au moins nous savons qu'elle existe. Ceux qui n'ont pas vécu le génocide, ils ne voient rien. S'ils montrent beaucoup de volonté, ils pourront un jour admettre le mal secret que nous éprouvons. Mais ça prendra un temps long, même si ces gens sont tutsis du Rwanda ou du Burundi, même s'ils ont perdu des familles et des relations intimes dans les tueries. Je ne peux pas expliquer pourquoi, mais je sais que ce sera très lent. Je ne connais pas l'histoire des autres génocides, mais je devine que ce retard se retrouvait pareillement : ceux qui n'ont pas traversé le génocide, même s'ils accomplissent des efforts très sincères, ils tarderont à comprendre plus qu'un petit peu.

L'important avec un enfant qui sort d'un génocide est aussi de soulager immédiatement un pan de sa misère matérielle. De lui trouver des médicaments s'il souffre d'une maladie, de lui ouvrir une pièce dans une maison, de lui donner à manger, un vêtement, un équipement scolaire s'il peut retourner à l'école, des outils s'il va cultiver. De cette façon, il se voit moins abandonné, il se sait plus considéré et il se sent mieux en société. Ensuite, c'est de le pousser vers d'autres enfants. Les enfants dialoguent entre eux facilement de ce qu'ils ont vécu, et ça débloque le langage. Après, il faut écouter tous les mots de chacun pour l'aider à débrouiller son problème et à trouver de nouveaux mots pour s'exprimer plus à fond.

Je dois préciser une observation d'importance : le génocide a changé le sens de certains mots dans la langue des rescapés ; et il a carrément enlevé le sens d'autres mots, et celui qui écoute doit être aux aguets de ces perturbations de sens.

Toutefois, je me suis aperçue, avec le temps, que les très jeunes enfants ne sont pas les plus vulnérables après un génocide, parce que ces très jeunes enfants, quand ils recommencent à goûter à la vie, ils se retrouvent plus spontanément. Leur plaisir est encore vivace. Sauf, bien sûr, s'ils sont très gravement traumatisés et s'ils ne parlent plus, naturellement.

Les âges les plus difficiles sont l'adolescence et la vieillesse. Les adolescents, eux, ils souffrent plus que les autres de ne pas comprendre. Ils ne peuvent admettre que les *interahamwe* aient voulu les supprimer, sans une menace ou une chamaillerie préalable. Les adolescents, ils arrivaient aux portes de la vie sans soucis et on les a empêchés d'entrer à coups de machette. Ils sont depuis dans le pourquoi. Ils demandent : « Qu'est-ce que ma physionomie présente sans savoir, qu'est-ce que je porte sur moi que les Hutus ne supportent pas, puisque je ne leur ai rien fait ? Pourquoi fallait-il massacrer mes parents qui cultivaient tout tranquillement ? Comment je vais vivre à proximité de gens qui ne pensent qu'à me tuer sans explication ? » Pour beaucoup d'entre eux, la vie d'adulte devient trop embrouillée. Par exemple, pour toutes ces jeunes filles, qui désormais se retrouvent enceintes n'importe comment, sans décision, sans étonnement, sans plus se soucier un instant des lendemains du bébé.

Toutefois, quand les adolescents s'assemblent, quand ils parlent de cela entre eux, ils échangent des réponses, ils partagent leurs sentiments et ça les soulage de leurs inquiétudes. Il y en a même qui commencent à dialoguer avec des jeunes Hutus, et ces conversations dévoilent un léger espoir.

Quant aux personnes âgées, elles sont inconsolables de ce qu'elles ont perdu. Elles avaient élevé des enfants qui leur donnaient des vêtements, de la nourriture, de la douceur pour leur vieillesse et maintenant elles restent sans plus personne autour d'elles. En tuant leurs enfants, c'est comme si on leur avait coupé leurs bras et leurs jambes sur la ligne de départ de la dernière étape de leur vie. Les vieilles personnes, elles répètent : « J'avais nourri des fils et des filles bien portants, je les avais mariés convenablement et ils sont morts dans les marais. Qui va m'épauler maintenant pour traverser la vieillesse ? Qui va m'aider à éviter la maladie et la tristesse ? » Elles n'avisent dorénavant que la solitude et la misère pour compagnie ; ça leur est vraiment très difficile de ne pas noyer leurs pensées dans le gouffre du souvenir.

Il y a aussi les enfants hutus qui ont marché jusqu'au Congo et qui sont revenus chez eux. La différence n'est guère perceptible aux yeux. Sinon que les enfants de ce long voyage, ils ne tiennent jamais en place, ils tendent à abandonner l'école ou la famille brusquement, à se diriger vers la rue, ils aiment disparaître dans les fourrés. Quand on converse avec eux, quand on leur demande comment ils ont quitté, avec qui ils ont voyagé, ce que le temps leur a imposé dans les camps, comment ils vivent désormais, ils racontent un peu, ils lâchent des détails, mais, arrivés sur un mot, hop ! ils s'échappent et disent qu'il ne veulent plus de cette conversation.

Les enfants qui ont survécu dans les marais Nyamwiza ont regardé au plus ténébreux du mal, mais pendant une période limitée. Si on les agrippe et si on tire en douceur, ça peut venir plus aisément.

Ceux qui sont allés au Congo ont vécu dans la confusion et le péril pendant une très longue durée. Dans les camps de Goma, ils se débrouillaient tout seuls pour vivre, personne ne s'occupait plus d'eux, ils ne se voyaient plus acceptables de personne, ils sont revenus comme des riens dans du rien. Ils ne sont plus dans leur assiette.

Ceux qui ont réchappé au génocide, ils ne se débarrasseront jamais de ce qu'ils ont vécu, mais ils peuvent retrouver les traces de la vraie vie parce qu'ils peuvent dire la vérité, et ils sont entourés de gens qui disent la vérité. Ils craignent nombre de menaces, mais pas celle du mensonge.

Les enfants qui reviennent du Congo, eux, ils sont toujours dans le silence, ils ne regardent pas dans les yeux la personne avec qui ils sont en train de bavarder. Il y en a dont les parents sont morts ou disparus en fuite. Ces enfants disent qu'ils ne savent rien. Il y en a dont les parents sont en prison, on leur demande s'ils savent pourquoi, ils se dérobent aux questions. Ils répondent qu'ils étaient malades, qu'ils n'étaient pas là, qu'ils n'ont rien regardé, rien entendu pendant la période du génocide. Ils s'effarouchent toujours qu'à la suite d'une parole de côté, on vienne les chercher eux aussi. Et même s'ils osent dire quelque chose, même s'ils souhaitent se délester d'un fardeau, s'ils tentent de révéler ce qu'ils savent, ils ne disent pas la vérité. Ils inventent des alibis qui justifient qu'ils n'ont assisté à rien. Ils ont peur d'être maltraités. Et je constate sans me tromper qu'avec les années, ils se sentent de plus en plus coupables des mauvaises actions de leurs parents.

Les enfants tutsis qui ont survécu aux tueries, leurs problèmes évoluent avec le temps. Leurs souvenirs sont de trop lourdes charges qui toutefois s'allègent parce qu'ils se transforment avec l'âge.

Pour les enfants hutus qui ont voyagé au Congo, le poids demeure parce qu'ils ne regardent pas le passé en face. Le silence les immobilise dans la peur. Le temps les repousse. De visite en visite, rien ne change. On remarque que dans leurs têtes les soucis chassent en permanence les idées. On peine à les encourager à parler. Pourtant, ils ne pourront pas se remettre les pieds dans la vie, s'ils ne disent rien de ce qui se confronte en eux. Alors, il faut être très douce et patiente en leur présence, il faut les visiter très régulièrement, pour confier au temps la naissance de l'amitié. Dans quelques familles que je visite depuis le début, les enfants ont raconté ce qui s'est passé durant le génocide, ce qu'ils ont vu de leurs yeux autour de la maison en ce temps-là, le mal que leurs parents ont fait. Maintenant ils se montrent plus à l'aise en compagnie des enfants de rescapés qu'ils commencent à fréquenter.

Souvent, des enfants trébuchent au creux d'une détresse, ou d'une panique ; surtout pendant le sommeil. Ils reproduisent en songe ce qu'ils ont vécu, ils crient, ils pleurent, ils se mettent à courir parfois dans les ténèbres ou à demander pardon. Ça trouble les autres enfants dans la maison et tout le monde attend le matin d'une nuit blanche. Quand un enfant ou un adolescent se perd dans une crise, il faut s'asseoir à ses côtés et lui demander s'il veut parler de tout ça. Si je suis là, je raconte, il me raconte, je lui dis tout ce qui m'est arrivé, il me dit tout ce qui lui est arrivé, comme je vous ai déjà exposé, et la tranquillité revient par-derrière. Je laisse entre parenthèses des morceaux d'existence, mais je me tiens prête aux questions. Tant pis si je ne peux lui expliquer pourquoi c'est arrivé, l'essentiel est toujours qu'il se sente moins seul d'être rescapé.

Moi, j'aime parler de tout ça avec les enfants, avec les connaissances et les collègues. De toute manière, il ne se passe pas un jour sans que je ne pense à ces épisodes ; il est par conséquent profitable d'en parler. Un génocide, c'est un film qui passe tous les jours devant les yeux de celui qui en a réchappé et qu'il ne sert à rien d'interrompre avant la fin. J'aime mon boulot, il ne me fatigue pas, au contraire. Je fais mon programme à fond. Parler avec les enfants m'aide à grandir dans ma compréhension du génocide.

Mes plus petits enfants, je les tiens à l'écart, car le moment de parler n'est pas venu. Si je leur raconte la mauvaise situation d'où j'ai échappé, mes paroles risquent de véhiculer un chagrin, une haine, une frustration que des petits enfants ne peuvent pas démêler. Je risque de manifester des attitudes qui créent des éloignements. C'est un grand effort à accepter, car les enfants, s'ils n'ont pas vécu les tueries, ils ne doivent pas subir les troubles de leurs parents. Même si la vie est stoppée pour une personne, elle continue pour ses enfants. Mes enfants, quand ils grandiront, je répondrai aux questions qu'ils ramèneront de l'école. Je ne leur cacherai rien, parce que le génocide est inscrit dans l'histoire du Rwanda, mais je veux que la vie s'étire longuement pour eux, avant l'apparition de ce sang.

Je suis née dans la préfecture de Butare. Mon père était bibliothécaire à l'université nationale du Rwanda, ma mère était enseignante à l'école primaire. Nous étions neuf enfants, j'étais la deuxième. Notre famille rassemblait plus de deux cents personnes, habitant une douzaine de maisons, alignées dans une rue de Runyinya, un quartier à dix-huit kilomètres de la ville. J'ai grandi dans une belle famille. J'étais très entourée de grands-pères, de grands-mères et de ceux que vous appelez oncles et tantes. Je n'ai même jamais entendu mes parents se chamailler. Ils gagnaient un peu de sous, on n'achetait presque rien grâce à la parcelle qu'on faisait cultiver. J'étais très heureuse parce que je ne rencontrais pas de problème. J'ai fait mes Humanités, j'ai entrepris une formation de sciences sociales, j'avais pour mission d'étudier à l'université. Je me suis mariée avec un professeur d'avenir, dans une maison moyenne, entourée d'un petit jardin que je fleurissais. Vraiment la vie était bonne.

À Butare, les Tutsis et les Hutus vivaient mélangés sans aucune anicroche, surtout dans les quartiers d'enseignants. Il y avait un petit cabaret près de chez nous, où on s'échangeait des discussions et des brochettes d'amitié depuis toujours. Ça a changé en toute dernière minute, à la nouvelle de la mort du président. Le jour du décès d'Habyarimana, brusquement, le collègue avec qui on partageait la bière et les nouvelles la veille, n'a plus voulu croiser nos yeux. Ce jour-là, j'ai constaté combien on était méchamment considérés par des amis sans le moindre soupçon.

Dans les familles tutsies, on évitait de parler de cette guerre des militaires venus d'Ouganda contre les militaires d'Habyarimana. Peut-être que les Hutus en parlaient beaucoup entre eux ; peut-être en avaient-ils nourri une détestation de nous qu'ils nous avaient dissimulée. Vraiment, la surprise m'empêchait de ne rien comprendre.

Après la chute de l'avion, donc, on nous a commandé de rester dans les habitations, sans sortir même pour aller au marché. On était gardés par les militaires, on ne savait pas ce qu'ils préparaient, mais on n'était pas encore tués. Vers le 9 ou 10 avril, la situation est devenue grave dans le pays. On entendait, par la radio ou les rumeurs, qu'à Kigali ça n'allait pas du tout, et de très mauvaises nouvelles rendaient compte de cadavres tout le long des routes des régions. Mais chez nous, le calme résistait, sauf que beaucoup de gens commençaient à mourir de faim dans les maisons. En attendant, on discutait et on se posait ce genre de questions : puisqu'on ne sait pas si la chute de l'avion est un accident, pourquoi les paysans hutus marchent-ils dès la première heure en colonnes ordonnées pour tuer les paysans tutsis ? Et d'autres paroles qui n'étaient pas plus sensées.

Un matin, les militaires ont ouvert les portes, pour nous laisser chercher des aliments pendant une journée. C'était le 19 avril. Mon mari est donc allé au marché. Quand il est revenu, il m'a expliqué : « C'est très grave en ville, les *interahamwe* ont commencé à tuer. On doit quitter maintenant. » J'étais bien malade, je n'avais plus de forces à cause du bébé, mais j'ai répondu sans protester : « Bon, je vais faire une valise. » Il a dit : « Non, on n'a plus le temps, on quitte immédiatement. » J'ai mis nos diplômes dans une mallette avec du linge pour enfants et nous sommes partis, en négligé, les deux enfants dans les bras. Par chance, nous avons trouvé place dans une camionnette, à payer avec une deuxième famille. Elle partait vers le Burundi car Butare n'est pas loin de la frontière.

Alors, sur la route, j'ai découvert la férocité de la guerre. C'est-à-dire des cadavres en tous lieux, des mourants ouverts sur tout le corps qui remuaient et gémissaient encore, des Hutus joyeux de méchanceté. Près de la douane, nous avons été bloqués à une ultime barrière. Une immense foule de fuyards nous rejoignait peu à peu : ils descendaient des champs, ils surgissaient de la rivière, ils couraient sur la route, ils hurlaient. Les *interahamwe* et les militaires les découpaient à tour de bras. Les criminels ressemblaient à des hordes, vraiment, ils ne laissaient que des morts et des agonisants autour d'eux.

Alors, nous nous sommes assis à terre et nous avons attendu la mort. Moi, je m'étais débarrassée de la peur. Je m'accoutumais au brouhaha des hurlements, j'attendais le fer. Quelquefois, on a peur au déclenchement d'une situation, mais au milieu on avance en une sorte d'anesthésie. J'étais devenue patiente. Soudain, on a entendu une petite fusillade de panique. C'était une sorte de dispute entre les militaires, je crois. J'ai senti le bébé dans mon ventre, j'ai pensé aux futures mamans qu'on ouvrait à la machette, j'ai saisi un enfant par la main, mon mari a levé le deuxième sur son dos, j'ai couru sans plus penser à rien dans la folie du carnage et je me suis heurtée dans les bras d'un douanier burundais. Il a prononcé à peu près ces paroles : « Bon, c'est bien fini pour vous, madame, maintenant vous devez prendre du repos. » Un moment plus tard, j'ai vu une grande foule gisant au loin derrière la barrière.

J'aimais beaucoup Butare. Premièrement parce que c'était ma préfecture natale, deuxièmement parce que j'étais acclimatée. C'était une ville moyenne où j'avais beaucoup de connaissances mélangées. Depuis, je suis retournée dans la maison où avaient été tués mes parents, afin de les enterrer comme des chrétiens. Je ne suis pas restée plus qu'un petit moment nécessaire.

Avant la guerre, un Rwandais ne pouvait habiter n'importe où, comme chez vous. Il prétendait : « Je ne peux pas vivre là où il n'y a pas ma famille, ma maison, mes voisins, mes vaches. » S'il partait voyager, il revenait toujours là où était née sa famille. Maintenant quand je visite Butare, j'ai de la peine, parce qu'il n'y a plus de vie pour moi. Si là où on a vécu, on ne trouve personne avec qui on bavardait, on s'attriste. Dans les environs de la ville, il n'y a plus personne pour habiter. Au centre-ville, je croise un grand nombre de visages nouveaux et je ne rencontre personne que je fréquentais autrefois. À Butare, beaucoup de facultés, d'instituts universitaires, d'écoles supérieures ont honorablement rouvert depuis la guerre, toutefois je trouve que la vie intellectuelle est brisée. Je n'ai pas retrouvé plus de quatre élèves avec qui j'avais fait mes études, les autres sont mortes. Dans notre quartier de Runyinya, seule la brousse est revenue pour occuper les ruines de nos maisons. On avait une grande famille d'à peu près deux cents personnes, nous ne sommes pas restés vingt.

Si je rencontre à Butare un Hutu de bonne connaissance, il va m'éviter. Il va me saluer, on va se demander des nouvelles, et il va s'esquiver d'un pas de côté, il ne va pas vouloir qu'on se mette à parler. Tout de suite de la honte va s'interposer entre nous, même si je ne lui montre pas de rancune et même si c'est une personne de bien. Il va dire : « Excuse-moi Sylvie, j'ai un programme très pressé », et des choses similaires pour s'en aller à la course.

Dans la coutume rwandaise, le voisin est quelqu'un de très important. C'est lui seul qui sait comment tu t'es réveillé, ce qui te manque, en quoi il peut te conseiller, comment on peut s'entraider. Si tu ne connais plus ton voisin, ou s'il s'échappe quand tu lui parles, quelque chose te manque terriblement et il faut t'en aller. Je n'imagine plus d'avenir à Butare, parce que l'envie, de personne ni de rien, ne m'attend plus là-bas.

Après le génocide, c'est donc devenu égal d'habiter n'importe où ; alors tu t'installes là où la vie te pose. Moi, maintenant, je suis capable de m'intégrer dans n'importe quelle société, si je trouve un boulot et un toit. À Nyamata, plus personne n'est où il devrait être. Il y a des rescapés de la région qui ne retrouvent plus leur place de jadis, d'anciens exilés tutsis du Burundi ou d'Ouganda, des réfugiés hutus du Congo qui se sentent mal à leur place. Il y a aussi beaucoup de pauvreté dans les esprits et dans les logis. Mais je répète souvent aux personnes plaintives : après un génocide, celui qui a conservé la chance d'exister quelque part, il doit en profiter et y rester sans murmurer.

Moi, je sens que, lorsque quelque chose de bon reviendra pour moi, ce sera à Nyamata, parce que c'est ici que je me suis retrouvée. À Nyamata, je voyage à travers les collines, je parle avec beaucoup de gens de leur for intérieur. J'aime visiter les gens, discuter. J'aime être à côté de mes enfants, leur préparer le repas, leur réparer le vêtement, c'est tout.

Si je ne visite pas les pays étrangers, si je n'achète pas la jolie robe que j'ai remarquée dans une vitrine de Kigali, si je ne suis pas invitée à la fête d'un mariage, ça ne me tracasse plus comme auparavant. Je ne suis plus envieuse de ce que je n'ai pas. Je n'éprouve pas le besoin ou le désir de faire des choses précipitamment, sous prétexte que j'ai failli mourir et que j'aurais pu ne plus être là pour les faire. Je n'ai même pas encore gratté de petit jardin dans mon quartier comme celui de Butare.

Non, la guerre n'a pas abîmé ma tranquillité. Moi, j'ai une chance inouïe, car il y d'autres gens qui ont accompli plus qu'il n'était possible d'accomplir pour échapper aux machettes et qui ont été tués quand même. Moi, je vis encore. Si j'ai cette chance, il faut que le plaisir m'emmène à une vitesse calme qui me convienne, ni lente ni excessive. Je regarde le temps aller son train, je ne lui cours pas après, je ne le laisse pas toutefois filer sans mot dire.

Beaucoup de gens passent leurs journées sans rien faire, ne veulent plus chercher du travail, ne veulent plus construire de murs ; ils sont dépassés. Ils sont aplatis sous les deuils, ils ont été recouverts par des assemblages de malheurs, ils n'essaient plus de regarder par où ils pourraient un peu se dégager.

Il y en a qui veulent que la vie s'immobilise après le génocide pour ne plus se regarder et se considérer. Ils répètent, pourquoi je n'ai pas pu sauver ma maman ? Pourquoi je n'ai pas pu sauver mon enfant ? Ils se dégoûtent d'être encore là, en vie, tout seuls. Ils racontent : « La famille était réunie, les tueurs ont fait du bruit, on s'est enfuis ; quand on est revenus, la maman, les enfants, étaient découpés dans le sang. » Il y a beaucoup de gens qui se sentent blâmables d'être vivants, ou qui pensent qu'ils ont pris par hasard la place d'une personne valable, ou qui se sentent simplement de trop.

Moi aussi, j'ai laissé de nombreuses connaissances, très intimes, derrière moi. Je suis parfois prise de chagrin, mais jamais de remords. Mes parents sont morts le 8 avril, et je ne l'ai même pas appris à l'époque car je ne pouvais ouvrir ma porte. Le jour de notre fuite, j'ai regardé beaucoup de mourants derrière nous. Et je suis en vie, et je ne me reproche rien.

Ça a été, ça ne devait pas être, mais ça a été. Je ressens de la douleur à cause des connaissances disparues. Mais, ces personnes, même si elles ont été taillées à la hache, même si elles ont eu une très mauvaise mort, elles devaient quand même mourir ce jour-là sans moi. Qu'est-ce que je devais faire ? Je devais m'affoler ? Je devais rester pour mourir avec elles ? Non. Je me dis, l'existence est finie pour elles, mais elle persévère pour moi. Je vais simplement penser à elles, à nous, avec tristesse, toute ma vie.

Il y a eu beaucoup de morts autour de moi ; mais je ne veux pas être déçue de la vie, car il y a aussi beaucoup de vivants. Je n'aime pas les refuges où se plaindre et s'abandonner. Ce sont d'identiques faiblesses de quitter le Rwanda à cause des frayeurs de massacres et de rester la journée assis à répéter : « Si je fais des briques pour un logis, on va me le démolir, si je couds un bel habit, on va me le déchirer... »,

de n'attendre rien de bon, ni de soi ni des autres, recroque-
villé sur son nuage noir.

Bien sûr, souvent, moi aussi je me suis sentie très humi-
liée dans un grand nombre de situations. Je vivais dans une
famille très talentueuse et elle a été décimée ; un beau destin
m'avait choisie et il m'a délaissée ; j'avais le projet d'étudier
à l'université et j'ai abandonné. J'ai été une fuyarde, une
réfugiée, presque une mendiante, j'ai attendu qu'on me
donne de maigres aumônes de nourriture, j'ai vécu dans la
saleté et la pitié. Mais maintenant tout cela est déposé à
côté de moi. Si la vie continue, elle doit continuer absolument ! Quand la santé n'est pas bonne, quand les tâches
paraissent encombrantes, quand les déceptions surgissent çà
et là autour de la maison, peu m'importe ; tous les matins,
j'attrape la bonne humeur au passage.

Au fond de moi, rien d'important n'a changé. Ma vie a
été déviée, les gens du voisinage ne sont plus les mêmes,
mon travail n'est pas celui que j'avais préparé, mais je veux
être la même personne. Je ne cherche pas dans le génocide
des prétextes à renoncer ou à m'excuser. Je ne sais pas si
vous pouvez me comprendre.

À Butare, je me souviens des militaires français, qui
transpiraient dans leurs joggings neufs au petit matin. Les
premiers jours du génocide, ils se sont envolés en poussant
tous les Blancs devant eux. Pourquoi étaient-ils là, s'ils ne
pouvaient manier leurs fusils ? Pourquoi ont-ils quitté à la
sauvette, s'ils ne savaient rien ? Je l'ignore, mais je sais que
les Blancs n'ont jamais voulu ouvrir les deux yeux sur le
génocide.

Les cameramen de télévision et les journalistes, eux,
ils venaient et ils voyageaient. Ils regardaient mais ils ne
voyaient que les événements remarquables, si je puis dire.

Ils voyaient les cortèges de Hutus qui se déplaçaient sur les routes du Congo et ils commentaient : « Regardez-les, voilà des victimes de la guerre qui échappent à la mort. » Ils voyaient l'armée du FPR qui entrait dans les régions et ils expliquaient : « Voilà les militaires tutsis qui gagnent la guerre ethnique et qui chassent les Hutus. » Mais les gens qui s'étaient cachés dans la vase des marais, entre les plafonds des maisons, au fond des trous de puits, sans toutefois pouvoir se déplacer d'un pas durant des semaines, il n'y avait personne pour aller s'inquiéter d'eux. Sur les écrans de télévision, les reporters ont dit : « Ceux qui n'ont pas été tués sont ceux qui essaient de ne pas mourir sur les longues routes des camps », et finalement ils ont complètement oublié les rescapés des massacres.

Alors, les survivants, à qui pouvaient-ils parler ? À personne. Ils étaient coincés entre ceux qui venaient et ceux qui partaient, et ça les poussait plus encore sur le bas-côté. Cela nous était barbare. Cette sécheresse de cœur nous semblait impitoyable. On avait survécu aux machettes pendant des semaines, on avait traversé le pire sans personne pour nous tendre la main, et déjà on ne comptait plus dans la situation. Même maintenant, après des années, ça n'a pas beaucoup changé. Il y a toujours des vérités dissimulées ou mal décrites sur les rescapés, qui empêchent les étrangers de reconnaître le génocide sans suspicion. Je veux dire d'en être alarmés.

Je propose une petite explication : les Blancs qui ont calmement regardé le génocide, ils se sentent gênés de leur assoupissement, de leur tromperie, donc ils préfèrent à présent confondre les tueries, mélanger les guerres et les pays, éviter la simple vérité et ainsi ne plus rencontrer trop de rescapés. Alors, les rescapés perdent eux aussi la considération pour la vérité et ils se disent : bon, puisque les autres s'arrangent avec leur vérité, à quoi bon nous intéresser aux autres ?

Une autre constatation importante est qu'il est difficile pour un Blanc de comprendre certaines attitudes africaines. Je présente une situation fréquente chez nous. J'ai un bon voisin, nous semblons bien, nous sommes calmes. Un jour, il se raidit à mon sujet, il me reproche quelque chose sans toutefois le dire. Il le rumine et son regard se durcit. Si je perçois à temps son mauvais œil, je vais contacter un ami et lui expliquer qu'une chose ne va pas entre nous. L'ami va trouver le voisin et parler avec lui. Peut-être va-t-il revenir vers moi et me dire : « Ton voisin, il te fait grief de ça, prends tes précautions. » Moi, ou bien je vais me lever pour lui donner une explication, ou bien je vais prendre mes distances. Sinon, une dispute très grave peut éclater. Un Africain, s'il garde au fond de lui un mauvais sentiment, il peut exploser en une soudaine violence qui le dépasse. Ce caractère africain est à l'origine de tueries très inattendues. Quand elles surviennent, les Blancs nous observent et ils disent : « Tiens, ce sont encore les Congolais, les Sierra-Léonais, les Angolais qui s'entre-tuent et ça finira par passer. »

Toutefois, au Rwanda, après quelques jours, les Blancs ne pouvaient pas ne pas comprendre qu'il ne s'agissait plus de massacres coutumiers, mais d'un génocide, et ils n'ont pas agi. Voilà pourquoi, à l'avenir, ils laisseront une tache sur les rescapés pour dissimuler leur méprise.

Quand je discute avec des connaissances pour comprendre le génocide, on avance trois idées. La première tient à la vie matérielle et à la pauvreté. La deuxième idée concerne l'ignorance. La troisième tient au grand nombre de gens influençables et de gens influents. Huit Rwandais sur dix ne savent pas lire ; il était donc facile de leur inculquer n'importe quelle mauvaise pensée s'ils trouvaient leur avantage matériel. Avant la guerre, je ne remarquais aucune différence appréciable entre les Tutsis et les Hutus, puisqu'on se fréquentait, on s'échangeait des verres et on s'entraidait. En un jour, ils ont sorti les lames déjà bien brillantes. Certainement avaient-ils caché une haine en eux qu'ils ne parvenaient plus à évacuer comme il faut. Mais ce n'est pas une explication qui tient face à une extermination.

Depuis, je cherche une indication que je n'arrive pas à découvrir. Je sais que les Hutus ne se sentaient pas à l'aise en face des Tutsis. Ils ont décidé de ne plus les voir nulle part, pour se sentir à l'aise entre eux. Mais pourquoi ? Je ne peux pas répondre. Je ne sais pas si je porte sur mon visage ou sur mon corps des marques particulières qu'ils ne supportent pas. Quelquefois je dis non, ce ne peut pas être ça, être élancée, être fine, être douce de traits, toutes ces bêtises-là. Quelquefois je dis oui, c'est pourtant bien ça qui a germé dans leur intimité. C'est une folie extrême que même ceux qui ont tué ne parviennent plus à envisager. Ceux qui devaient être tués encore moins.

Sur les collines, je bavarde parfois avec des familles qui ont participé aux tueries. Elles disent qu'elles regrettent ce qu'elles ont fait, ce que leurs hommes ont fait. Elles expliquent : « On nous a dit : "Tuez des Tutsis, vous aurez des maisons, vous aurez des parcelles." Mais on ne sait pas comment ça a pu se passer. » Je ne les comprends pas quand elles me parlent ainsi, mais je peux les écouter. Au fond de moi, il n'est pas question de pardon ou d'oubli, mais de réconciliation. Le Blanc qui a laissé travailler les tueurs, il n'y a rien à lui pardonner. Le Hutu qui a massacré, il n'y a rien à lui pardonner. Celui qui a regardé son voisin ouvrir le ventre des filles pour tuer le bébé devant leurs yeux, il n'y a rien à pardonner. Il n'y a pas à gâcher des mots à parler de ça avec lui. Seule la justice peut pardonner. Il faut d'abord penser à une justice pour les rescapés. Une justice pour offrir une place à la vérité, pour que s'écoule la peur ; une justice pour se réconcilier.

Je garde l'espoir dans l'avenir, parce que des relations bougent sur les collines, des gens se frôlent timidement. Peut-être, un jour, une cohabitation ou une entraide repasseront entre les familles de ceux qui ont tué et de ceux qui ont été tués. Mais quant à nous, c'est trop tard, parce qu'il y a désormais un manque. On avait fait des pas dans la vie, on a été coupés, et on a reculé. C'est trop grave, pour un être humain, de se retrouver derrière la marque où il se trouvait dans la vie.

Jusqu'à aujourd'hui, je n'ai rencontré personne pour me prétendre qu'il est fier d'être rescapé. Je n'ai croisé personne qui me dise : « La vie est belle, je ne l'avais pas vue si belle avant d'avoir eu si peur de mourir pendant les massacres », comme par exemple celui qui échappe à une terrible maladie. Les survivants, même s'ils ont trouvé une bonne vie, s'ils ont un boulot, des beaux enfants, de la bière, ils ont été coupés dans leur existence.

Je ne connais pas un rescapé qui dise qu'il se sent complètement en sécurité, qu'il n'a plus jamais peur. Il y a ceux qui ont peur des collines où ils devraient pourtant cultiver. Il y a ceux qui ont peur de rencontrer des Hutus sur le chemin. Il y a des Hutus qui ont sauvé des Tutsis, mais qui n'osent plus entrer dans leurs villages, de crainte qu'on ne les croie pas. Il y a les gens qui ont peur des visites ou de la nuit. Il y a des visages innocents qui font peur et qui ont peur de faire peur, pareils à des visages de criminels. Il y a la peur des menaces, la panique des souvenirs.

Je vous donne un exemple. La semaine passée, nous allons dans la brousse, en camionnette, pour identifier des enfants dans un nouveau secteur. Nous perdons la trace du chemin dans les feuillages. Je dis au chauffeur : « Bon, nous nous sommes égarés, mais nous pouvons poursuivre quand même pour terminer le programme. » Au bord d'une bananeraie, nous rencontrons une assemblée de paysans hutus au boulot. Ils arrêtent la coupe des branches, ils nous regardent sans mot dire, les bras immobiles. Je m'entends crier : « Ça y est, cette fois c'est fini, nous allons tous mourir. » Je suis plus qu'effrayée, je ne sais plus où je suis, mes yeux ne distinguent plus rien de clair, je nous crois dans un cauchemar réel. Je pleure, je répète au chauffeur : « Tu ne les vois pas, tous ces hommes avec leurs machettes ? » Il me pose la main sur le bras, il me dit : « Non, Sylvie, c'est normal. Ce sont des cultivateurs qui taillent leur plantation. » Il s'est efforcé de me calmer. C'était la première fois depuis que je voyage dans la brousse que j'étais reprise, j'ai eu tellement peur ce jour-là !

Souvent, je regrette le temps gâché à penser à ce mal. Je me dis que cette peur nous ronge le temps que la chance nous a préservé. Je me répète pour blaguer avec moi-même : « Bon, si quelqu'un veut encore me couper, qu'il aille prendre sa machette, je ne suis après tout qu'une personne survivante, il tuera celle qui devait être tuée », et je m'amuse de cette fantaisie.

Parce que si on s'attarde trop sur la peur du génocide, on perd l'espoir. On perd ce qu'on a réussi à sauver de la vie. On risque d'être contaminé par une autre folie. Quand je pense au génocide, dans un moment calme, je réfléchis pour savoir où le ranger dans l'existence, mais je ne trouve nulle place. Je veux dire simplement que ce n'est plus de l'humain.

Écrit à Nyamata en avril 2000.

Les photographies ont été réalisées par Raymond Depardon, membre de l'agence Magnum, familier et ami de l'Afrique, au cours d'un séjour à Nyamata, entre le 1er et le 15 août 1999, à la demande de l'auteur (sauf la photographie de la p. 120, de l'auteur).

La commune de Nyamata s'étend sur une quinzaine de collines d'une superficie totale de 398 km^2.

Sa population en mars 1994, à la veille du génocide, s'élevait à environ 119 000 habitants : environ 60 000 Hutus et 59 000 Tutsis. La proportion élevée de Tutsis s'explique par le fait que la région, inhabitée pendant la première moitié du siècle, fut d'abord une terre de refuge pour d'importants flux de Tutsis, au début des années soixante.

Environ 50 000 Tutsis ont été assassinés sur la commune de Nyamata, entre le 11 avril et le 14 mai 1994, date de l'arrivée des troupes du FPR, soit plus de cinq Tutsis sur six. Il est donc plausible, comme l'explique Innocent Rwililiza, que, si les tueurs n'avaient pas été retardés par les pillages et les fêtes, ils auraient atteint leur objectif.

Environ 22 000 Tutsis, rapatriés du Burundi et d'Ouganda principalement, sont venus s'installer dans la région dès juillet 1994. Environ 24 000 Hutus, au contraire, ne sont pas revenus de leur exode au Congo.

La population s'élève aujourd'hui à 67 000 habitants, plus environ 6 000 prisonniers natifs de la commune dans le pénitencier de Rilima.

La commune recense 13 386 orphelins.

Sur le territoire rwandais, plusieurs centaines de milliers de Tutsis furent assassinés, en une dizaine de semaines. Les recherches statistiques sur un génocide sont très difficiles, à cause de la particularité des témoignages. Il faudra donc attendre plusieurs années pour entériner une estimation précise des victimes du génocide rwandais, comme il avait fallu attendre plusieurs décennies pour déterminer le nombre à peu près exact des victimes de l'Holocauste. Les polémiques sur les écarts de chiffres ne présentent, à ce jour, aucun intérêt.

Glossaire

Boyeste. L'équivalent féminin du boy ; petite domestique.

Foufou. Pâte cuite et glutineuse de manioc. À Nyamata, le meilleur est celui d'Édith, qui par ailleurs en raffole.

FPR. Front patriotique du Rwanda. D'obédience tutsie, formé, à partir de 1988, dans les maquis d'Ouganda. Le FPR commença ses opérations militaires en 1990, lança une vaste offensive le premier jour du génocide et s'empara définitivement du pays le 4 juillet 1994, aux commandes de Paul Kagame.

Gonolek. Oiseau dont le chant est d'une sonorité éclatante. Plumage rouge écarlate dessous, noir de jais dessus, calotte jaune.

Inkotanyi. Signifie « invincible ». Nom donné aux rebelles du FPR, le Front patriotique du Rwanda,

Interahamwe. Signifie « unité ». Nom des milices extrémistes hutues, créées à l'initiative du parti du président Juvénal Habyarimana. Elles étaient entraînées par l'armée rwandaise ; localement, parfois, par des militaires français. Elles étaient armées principalement de machettes et d'armes blanches fournies par l'armée, l'administration et les notables. Ces milices, qui rassemblaient quelques dizaines de milliers d'activistes, enrôlèrent et encadrèrent les tueurs du génocide.

Mwami. Roi tutsi.

Primus. Marque d'origine belge de la bière la plus populaire. Elle est brassée à Gisenyi, à l'ouest du Rwanda, vendue en bouteille de 1 litre uniquement. Très légèrement amère, normalement alcoolisée, bon marché, elle se boit généralement tiède. Elle divise le monde des buveurs rwandais en deux camps antagoniques. Ses amateurs ne peuvent supporter l'idée de boire un jour une seule gorgée d'une Mutzig, brassée au Burundi, ou d'une fade Amstel, ses rivales.

Talapoin. Singe acrobatique de petite taille, qui vit en bandes de plusieurs dizaines d'individus, et batifole dans l'eau.

Tomako, touraco, soui-manga, jaco. Quelques-uns parmi une myriade d'oiseaux enchanteurs des collines.

Umuniyinya. Arbre immense, appelé arbre à palabres à cause de sa hauteur et de l'ampleur de son feuillage ombrageant.

Umunzenze. Grand arbre des marais.

Urwagwa. Vin de banane, très bon marché, plus ou moins fort et aigre, à boire dans les trois jours qui suivent sa fermentation.

Précision. À sa naissance, chaque bébé rwandais reçoit un nom rwandais personnel et, à l'âge du baptême, un prénom chrétien occidental. Les noms rwandais des assassins, évoqués dans les récits, ont été effacés du texte, car ces personnes sont pour la plupart recherchées ou en attente d'un procès.

1921. Mandat belge sur le Rwanda.

1931. Introduction de la carte d'identité mentionnant l'ethnie.

1959. Mort mystérieuse du dernier grand roi tutsi Mutara Rudahigwa. Révoltes paysannes hutues qui provoquent l'exode de centaines de milliers de Tutsis.

1961. Victoire des partis hutus aux premières élections législatives.

1962. Proclamation de l'indépendance du Rwanda.

1973. Coup d'État militaire du major Juvénal Habyarimana.

1978. Élection du président Juvénal Habyarimana, réélu jusqu'à son assassinat.

1990. Premiers succès militaires du FPR contre le Rwanda.

1993. Accords de paix d'Arusha entre le gouvernement rwandais, d'obédience hutu, et le FPR, d'obédience tutsi.

1994

6 avril à 20 heures. Assassinat du président Juvénal Habyarimana, près de l'aéroport de Kigali.

7 avril dans la matinée. Début des assassinats de personnalités démocrates, dont la Premier ministre hutue, Agathe Uwilingiyimana.

Mouvement immédiat des troupes du FPR vers l'intérieur. Invasion des quartiers de la capitale par les milices *interahamwe*. Début du génocide, qui dure une centaine de jours.

4 juillet. Prise du centre de Kigali par le FPR

15 juillet. 500 000 réfugiés hutus passent la frontière congolaise. Trois fois plus les rejoignent dans des camps, à l'est du Congo, les semaines suivantes.

3 octobre. Le Conseil de sécurité avalise un rapport qualifiant de génocide les massacres commis au Rwanda par l'ancien régime hutu.

1996. *Novembre.* Invasion de l'est du Congo par les troupes du FPR, qui déclenche un retour massif des réfugiés hutus au Rwanda.

Carte du Rwanda

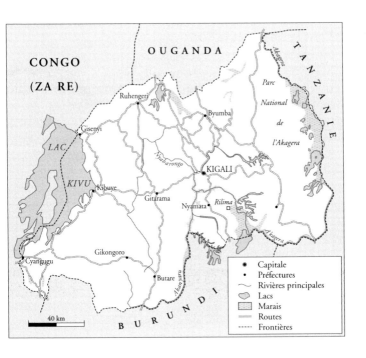

Carte de la commune de Nyamata

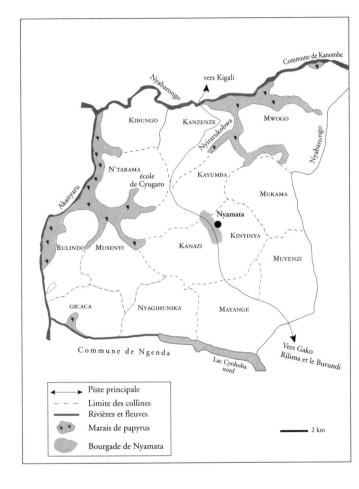

Table

RÉALISATION : PAO ÉDITIONS DU SEUIL
PHOTOGRAVURE : APS CHROMOSTYLE À TOURS
IMPRESSION : MAME IMPRIMEURS À TOURS
DÉPOT LÉGAL : MARS 2002. N° 53056-4 (04062404)

Collection Points